LES

MYSTIFICATIONS

DE

CAILLOT-DUVAL

TIRAGE A PETIT NOMBRE.

2	exemplaires sur peau de vélin	fr.
10	exemplaires sur papier de Chine. . . .	10
10	exemplaires chamois . .	6

Chacun de ces exemplaires contient trois épreuves différentes *de l'eau-forte*, et est numéroté.

N°

Imp. Delâtre, Paris.

BIBLIOTHÈQUE ORIGINALE

LES

MYSTIFICATIONS

DE

CAILLOT-DUVAL

AVEC UN CHOIX DE SES LETTRES

LES PLUS ÉTONNANTES

Suivies des Réponses de ses victimes

INTRODUCTION ET ÉCLAIRCISSEMENTS

par

LORÉDAN LARCHEY

EAU-FORTE DE FAUSTIN BESSON

CRESCIT EVNDO

PARIS

CHEZ RENÉ PINCEBOURDE, ÉDITEUR

A LA LIBRAIRIE RICHELIEU

78, RUE RICHELIEU.

M D CCC LXIV

PRÉFACE.

Les raffinés en bibliographie connaissent seuls Caillot-Duval, car sa *Correspondance philosophique* est une rareté. Hâtons-nous d'ajouter qu'un titre plus précieux la recommande à l'intérêt; — elle est profondément comique, et le vrai comique est chose si peu commune, que nous n'avons pas voulu laisser échapper cette occasion de lui rendre hommage.

Le nom de Caillot-Duval est un pseudonyme inventé par deux lieutenants de qualité, MM. Fortia de Piles et de Boisgelin.

Vers 1784, ils s'ennuyaient à Nancy, où leur régiment tenait garnison. D'autres provinces leur auraient sans doute offert des quartiers plus maussades, mais l'ancienne capitale de Stanislas pouvait-elle lutter avec le souvenir de ce Paris apprécié par eux au double titre d'hommes du monde et de gens d'esprit? — Un jour cependant, il leur vint une idée triomphante : ils cherchèrent dans les causes mêmes de leur ennui une arme pour le combattre. Dans la feuille littéraire du cru se remarquaient, entre autres médiocrités, certaines pièces dues aux loisirs d'un procureur picard, et lues par nos deux amis avec l'âpre jouissance qui fait souvent dévorer d'un bout à l'autre la production la plus nulle. Ce procureur, nommé Le Cat, était attaché au présidial d'Abbeville; ils envoyèrent à son adresse une lettre bourrée de félicitations ridicules.

Malgré la perspicacité habituelle aux gens de robe, Le Cat y fut pris. Sa joie de trouver des admirateurs à cent cinquante lieues l'empêche de voir combien leurs félicitations sont ampoulées et ce qu'a de suspect leur désir d'entrer en relations avec lui. Il s'abandonne sans réserve aux délices d'un commerce aussi nouveau.

Les mystificateurs eux-mêmes sont étonnés de la facilité avec laquelle la proie a mordu à l'hameçon. Pareille réponse était, — ils le confessent, — inespérée. Ce premier succès les enhardit; ils étendent leur cercle d'opérations, et, tout en ripostant de plus belle au robin, ils attaquent une fille d Opéra.

Pareil gibier à le nez fin. — Le faux Caillot-Duval ne l'ignore pas, et il change de tactique;

il abandonne les cimes du Parnasse ; il ne parle plus que d'argent, — de beaucoup d'argent.

Factotum prétendu d'un prince russe prêt à visiter Paris, et trop bien élevé pour s'y passer d'une maîtresse entretenue sur un bon pied, il veut ménager cette bonne fortune à Mlle Saulnier. Ainsi se nomme-t-elle.

Celle-ci connaît moins l'orthographe que le cœur des hommes, on s'en aperçoit à sa réponse. Loin de mordre avidement à l'appeau, elle tourne autour et cherche en l'effleurant des lèvres à reconnaître s'il cache un piége. Certes, la proposition lui paraît peu vraisemblable, et cependant pourquoi dédaigner une chance si belle quand il n'en coûte pas plus de quelques ports de lettres ? La fortune a ses invraisemblances, et les Russes sont, il faut bien le dire, déjà renommés pour leurs largesses dans notre monde galant : pourquoi ne serait-ce pas un boyard aussi fantasque que généreux ? Au pis aller, elle en sera quitte pour confier à sa sœur le soin d'écrire en son nom, de façon à se préparer un désaveu s'il y a là-dessous quelque manœuvre préjudiciable à ses intérêts.

Rien d'amusant comme la suite de ces deux correspondances : — car elles comptent entre les plus longues du recueil, et Caillot Duval se garde de les laisser languir. Contraste piquant que le spectacle offert par cet imprudent procureur et par cette danseuse réfléchie !... le premier tellement facile à duper que ses dupeurs eux-mêmes finissent par rester court, ne trouvant plus de bourdes assez grosses à lui faire avaler ; la seconde essayant de jouer serré, mais en somme répondant à tout en protestant qu'elle ne croit à rien, se défendant d'un côté et se livrant de l'autre.

Les autres correspondances sont plus brèves, mais non moins récréatives. C'est un tournoi auquel nous voyons se présenter tour à tour les personnalités les plus grotesques. Chaque classe sociale compte là des représentants. Voici Soudé, le bottier de la rue Dauphine, qui n'ose pas s'avouer incapable de faire une paire de bottes sans couture. Il préfère, le vaniteux, alléguer que la clientèle de la maison du Roi absorbe tout son temps. Il en est de même du facteur Caron : il ment pour mieux reculer devant la commande d'une trompe de plus de huit pieds. — Voici respectable et discrète personne dame de Launay, entremetteuse de son métier, en la rue Croix-des-Petits-Champs. Elle accepte de grand cœur l'offre de lancer parmi les entreteneurs de la capitale deux nièces charmantes de cet excellent Caillot-Duval, et comme celui-ci, indigné de voir qu'elle ne signe pas, l'invite à prendre un nom *en l'air*, comme celui de Copernic, ne s'avise-t-elle pas de signer majestueusement *de Copernic*, pour ne pas déroger? — Ce trait vaut à lui seul un volume sur la vanité humaine.

Et M. de la Roche, gouverneur de la ménagerie de Versailles, chevalier de Saint-Louis, qui croit railler finement son propre railleur en lui confiant qu'en fait de génération, il se préoccupe peu de l'artificiel! — Et ce brave adjudant aux gardes qui prend la peine de préparer deux engagements pour les petits neveux de Caillot, des gaillards brûlant de signaler leur ardeur martiale! — Et le perruquier Chaumont qui reçoit pour bonne la commande de six toupets et d'une perruque à bourse destinée à l'ornement d'une tête ravagée par les passions! — Et l'ornithologue Lheureux de Chanteloup qui accueille avec son sérieux scientifique la nouvelle de l'accouplement d'une chouette et d'un loriot! — Et l'organiste Aubert qui se croit obligé de notifier sa foi en la vertu de son épouse! — Et le bourrelier Taconet qui prend au mot certain projet d'alliance pour jeter à la tête de Caillot-Duval une fille sans dot! — Et le confiseur Berthellemot qui se croit obligé de défendre l'innocuité de ses *bonbons d'amour*, soupçonnés de recéler des ingrédients par trop aphrodisiaques! — Et le lieutenant de police Urlon qui daigne faire rechercher une jeune fille dont le consciencieux Caillot-Duval envoie un signalement si complet que le genou même n'y est pas omis! —Et le sentencieux professeur Lefort qui semble avoir perdu la tête à force d'enseigner le hautbois, le basson et la flûte, et qui se déclare prêt à lui donner des leçons de par la permission divine! — Et ce pauvre abbé Aubert qui, en vrai chrétien, va tendre sa joue gauche à celui qui a déjà frappé sa joue droite!— Et combien d'autres encore!

Malgré l'emphase vraiment grotesque de ces épîtres traîtresses, la fable en est si habilement ménagée, elle est circonstanciée avec un art si ingénieux qu'on finit par ne plus s'étonner de voir les plus graves personnages tomber dans le panneau.

On ne retrouvera pas ici toutes les victimes dont la *Correspondance philosophique* nous a conservé la mémoire. Les unes ne peuvent point équitablement passer pour telles. Le faux Caillot-Duval n'abuse pas tout le monde et fait parfois des frais inutiles ; il voit ses épîtres les plus éloquentes demeurer sans réponse ou lui attirer des répliques fort sèches, l'invitant à ne plus continuer. Si originale que soit la prose de notre héros en ces jours de défaite, elle ne nous a point paru devoir être reproduite, car elle a besoin de toucher au but pour avoir tout son sel. Où le mystifié n'est pas, le mystificateur doit disparaître. Parmi ces récalcitrants, on remarque la fameuse Bertin, modiste préférée de la Reine; Mme Dugazon, de la Comédie Italienne; Mlle Laurent, de la Comédie Française; S. de Marsy, de Piis, le directeur du *Journal de Nancy*, et quelques autres. La reproduction de la correspondance qui les concerne dans l'édition de 1795 a dû avoir pour but de donner à l'ensemble de l'ouvrage un plus grand cachet de sincérité, — motif dont la nécessité ne se fait plus sentir ici.

D'autres omissions nous ont été imposées par le cadre restreint de cette publication. — Nous l'avouons à notre regret, nous avons dû sacrifier quelques-unes des relations de Caillot-Duval, à commencer par cet excellent Barth, le clerc du fameux Grimod de la Reynière. C'est bien la meilleure pâte d'homme qui soit au monde. Non-seulement il se croit obligé de répondre ponctuellement aux demandes les plus saugrenues, mais il se charge des commissions de son bourreau, il lui sert d'intermédiaire officieux et, sans le savoir, de pavillon pour ourdir d'autres trames ; il lui fait même quelques petites avances d'argent dans lesquelles il lui est impossible de rentrer, on doit le dire à la honte de Fortia et de Boisgelin, dont le rôle paraît en cette circonstance moins comique qu'indélicat. Nous regrettons également de n'avoir pu faire connaître M. Deslon et le révérend père Hervier, du couvent des Augustins, – deux fervents adeptes du magnétisme et du somnambulisme, d'autant plus crédules sur ce chapitre qu'à Nancy on se préoccupe fort de la science nouvelle. Ils le savent et ils ne s'étonnent pas d'y voir un nouvel allié du nom de Caillot-Duval.

Moins intéressants sont Nicolet, qui croit devoir refuser, par l'intermédiaire de son souffleur, deux offres successives de collaboration ; Dorsonville de la Comédie Italienne, qui fait approuver par les deux semainiers une sorte de consultation dramatique sur le rôle de Pierrot dans *le Tableau parlant*, et un troisième confiseur, obligé de se mettre en garde contre les obsessions de Caillot-Duval, qui semble avoir voulu tourmenter toute la bonbonnerie parisienne.

Nous avons dit qu'il y avait deux personnes en *Caillot-Duval*. — S'il fallait en croire la majorité des traités bibliographiques, ce pseudonyme cacherait M. Fortia de Piles seul. Nous nous rangeons plus volontiers à l'avis de la *Biographie Michaud*, qui lui adjoint un collaborateur en la personne du chevalier de Boisgelin de Kerdu. Tous deux étaient officiers au régiment du Roi à Nancy; tous deux collaboraient, en cette même année 1785, — date de la plupart des lettres de Caillot-Duval, — à une autre mystification par lettres contre le mesmérisme (*). De plus, les deux noms dont le pseudonyme même se trouve composé (Caillot-Duval) semblent indiquer l'union de deux personnes. Enfin, n'oublions pas qu'un cousin de Fortia de Piles, le savant Mis de Fortia d'Urban, fut l'un des principaux collaborateurs de la *Biographie Michaud* : au double titre de parent et de contemporain, il n'eût pas manqué

(*) Correspondance de M. M. (Mesmer) sur les nouvelles découvertes du baquet octogone, de l'homme baquet et du baquet moral, recueillie et publiée par MM. de F., J. (Journiac de Saint-Méard) et B. *Libourne* et *Paris*, Prault, 1785, in-12.

de rectifier toute erreur faite sur le point qui nous préoccupe.

Nous ferons grâce aux lecteurs de l'énumération des autres ouvrages de MM. de Fortia et de Boisgelin ; elle est assez longue et très-facile à trouver. On peut seulement faire observer qu'elle montre chez eux un goût assez prononcé pour des études sérieuses et une tendance marquée à laisser partout des marques solides de leur esprit d'observation. Chevalier de Malte, M. de Boisgelin trouve le temps de réunir avant la destruction de son ordre les éléments d'une importante statistique (*Ancient and modern Malta*). Poussé par l'émigration vers les contrées du Nord, il travaille à un autre ouvrage non moins estimé (*Travels through Denmark and Sweden*), pendant que Fortia, son ami et son compagnon de route, plus fidèle à la langue maternelle, se réserve de publier le *Voyage de deux Français en Allemagne*, *Danemark*, *Suède*, *Russie et Pologne*, à l'exactitude duquel ont rend généralement hommage. Cette vie d'union ne devait avoir qu'un temps. Fixé en Angleterre, Boisgelin ne rentra en France qu'avec les Bourbons ; il mourut deux ans après dans son pays natal, la Bretagne. Paris avait revu Fortia dès la chute de Robespierre, et sa plume y servit la cause du royalisme jusqu'en 1825. Il aimait les anecdotes et le théâtre, se plaisait à la polémique et traitait volontiers la question du moment. Les succès des idées nouvelles passent pour avoir déterminé sa retraite à Sisteron; sa mort date de 1826.

Si on en excepte quelques pièces données à la même époque, au théâtre de Nancy, par M. de Fortia, la *Correspondance de Caillot-Duval* fut le premier ouvrage de nos deux amis; nés en 1758, ils avaient alors vingt-sept ans. On suppose généralement qu'ils quittèrent le régiment du Roi après les troubles de Nancy, en 1790. Cependant un *Etat* particulier du régiment (*) ne porte plus le nom de M. de Fortia en 1788. M. de Boisgelin y figure seul avec le grade de lieutenant (**). Plus tard, ce fut M. de Fortia qui, rentré à Paris, s'occupa de publier toutes les lettres écrites de Nancy de 1784 à 1786, ainsi que les réponses faites à leur sujet. Voici le titre exact de cet ouvrage :

« *Correspondance philosophique de Caillot-Duval*, rédigée d'après les pièces originales, et

* Collection de M. Descors.

** L'*État militaire* de 1786 porte encore M. de Fortia comme lieutenant en premier, et M. de Boisgelin comme sous-lieutenant.

publiée par une société de littérateurs lorrains — (avec cette épigraphe :) Ne vous étonnez pas de voir les personnes simples croire sans raisonnement. *Pensées de Pascal, chap. VI.* — A Nancy, et se trouve à Paris, chez les marchands de nouveautés, 1795. In-8° de 236 pages, non compris 12 pages occupées par deux préfaces.

Les allures mystérieuses de ce titre, qui n'indique ni auteur, ni imprimeur, caractérisent également les deux préfaces dont nous venons de parler. C'est toujours ce même mélange de sérieux et de comique, ce même esprit de causticité froide, propre aux railleurs que le peuple appelle des *pince sans rire*. Après quelques réflexions sur la crédulité humaine et quelques sarcasmes à l'adresse d'un *siècle de lumières* que la Révolution ne lui permettait pas de voir en beau, la prétendue société de littérateurs lorrains donne une relation des circonstances qui ont déterminé sa publication. Sans cacher un pseudonyme qu'elle ne veut point révéler, elle essaye de dérouter encore mieux les recherches par un récit tragique, qui montre le faux Caillot-Duval mourant des suites d'un coup de feu reçu à la cuisse, pendant les troubles de Nancy, et lui confiant, à son heure dernière, le soin d'éditer sa volumineuse correspondance. Elle termine en disant qu'un citoyen Michel, bien connu dans la république des lettres, demeurant à Nancy, rue Saint-Dizier, reste le dépositaire des lettres originales.

Il est bon d'ajouter que l'annonce du dépôt vaut celle de la blessure. Si plusieurs Michel existaient alors en Lorraine, le seul d'entre eux qui se soit fait connaître par quelques ouvrages n'habita jamais la rue Saint-Dizier. Le fait nous est garanti par une lettre de son fils, aujourd'hui notaire à Nancy.

Le temps était peu propre aux éclats littéraires, et cette publication paraît avoir fait peu de sensation. Dans une étude intéressante sur les *Mystificateurs*, M. Paul Lacroix dit cependant que Grimod de la Reynière eut à se défendre contre des mécontents qui lui attribuaient la paternité du recueil. Il cite même à ce sujet une lettre où Fortia de Piles offre à Grimod le concours de son épée, sans s'avouer positivement la cause réelle du débat. Il est peu probable cependant que Grimod n'ait pas su à quoi s'en tenir, car il avait reçu Fortia de Piles à sa table et partageait, comme l'on sait, son goût pour la mystification. De son côté, Fortia ne négligeait aucune occasion de faire passer à la postérité le souvenir des solennités gastronomiques de son ami; on en trouve des relations, non-seulement dans sa *Correspondance* (édition de 1795), mais dans deux recueils d'anas, faits à une date bien postérieure, — *Omniana* et *Souvenirs de deux anciens militaires*.

Avant le travail de M. Paul Lacroix, la *Biographie universelle* a été le seul ouvrage où l'on se soit étendu sur le compte de nos deux auteurs. L'article qui leur est consacré est signé par Michaud jeune, et nous avons motivé plus haut la confiance qu'il nous inspirait. Les quinze lignes consacrées à la *Correspondance philosophique* se terminent par cette réflexion, à laquelle nous sommes heureux de répondre : — « Il est étonnant que ce livre, devenu rare, n'ait pas été réimprimé. »

Bien avant la date des lettres contenues dans sa publication, le comte de Fortia se plaisait à fomenter de petits troubles littéraires en écrivant à droite et à gauche diverses épîtres dont les allures exagérées trahissent l'intention secrète. Nous en trouvons la preuve dans le quarante et unième volume des *Contemporaines*. Leur auteur était souvent attaqué par le *Journal de Nanci*. M. de Fortia relève les passages qui pouvaient exciter la colère de Rétif, et les énumère avec une feinte douleur dans une lettre adressée au *Journal de Provence,* dont, à titre de Marseillais, il est l'abonné. On refuse l'insertion. Fortia prend le parti de remettre la lettre à Rétif lui-même, en manifestant le désir de la voir imprimée. Celui-ci ne se fait pas prier, comme bien l'on pense, et publie en protestant de sa gratitude pour un officier *plein de mérite et de connaissances;* car Caillot-Duval n'était pas encore inventé, et Fortia signe courageusement : *le comte de F., officier du régiment du Roi.* — Voici ce monument, très-peu correct, comme tout imprimé de Rétif. Il ne fut pas le seul sans doute, et donne à penser que son auteur trempa dans bien d'autres mystifications ignorées.

Lettre à M. Beaugeard, rédacteur du Journal de Provence, *par un de ses abonnés.*

Nancy, le 8 octobre 1784. (Refusée.)

Je m'adresse à vous, Monsieur, pour rendre publiques, par la voie de votre Journal, quelques observacions que je crois devoir faire, sur deux endraits de celui de

Nanci : vous m'obligerez beaucoup de les inserer le plutôt possible, pour detromper les persones qui pourraient avoir pris de fausses-opinions sur un auteur estimable, d'après le raport d'un M. Terrin. Il est question de M. Reftif-de-la-Bretone. En parcourant le n°-15 du tome XI du *Journal-de-Nancy, par M. Terrin*, et que je ne lis que par occasion, j'y ai vu une frase singulière : M. T., en rendant compte des *Délassemens-d'un-homme-sensible* de M. d'Arnaud, s'exprime ainsi : « L'empressement « avec lequel ses ouvrages sont recherchés, « fait voir que pour trouver des lecteurs, il « est d'autres moyens, que d'offrir, comme « l'auteur des *Contemporaines*, des images « lubriques, des histoires scandaleuses, et « d'écrire les annales de la debaûche et de « la dissolucion. » Assurément M. T. pouvait louer M. D'A. sans chercher à denigrer M. R. ; et cette frase, si elle était vraie, lui ôterait pour jamais l'envie de se faire imprimer : mais par bonheur, elle est aussi denuée de vérité, que de decence et de politesse. Au reste, ce n'est là qu'un manque de judiciaire : Voici qui est plus serieus. J'ouvre le n°-9 du Tome XI, c'estàdire, du même que je viens de citer, et je vois sur le nom de M. R. un logogrife de l'indecence la plûs incroyable; il est d'un M. le Lecat-d'Abbeville : on ne sait quelle est la sotise la plûs complette, de l'avoir fait, ou d'y avoir mis son nom. J'ignorerais encore l'existance de M. Lecat, sans cette inconcevable production. D'abord, elle regorge d'absurdités revoltantes : M. R. n'a jamais-fourni les épiciers, et je crais que ceux d'Abbeville, par-exemple, n'iront-pas se-fournir chez lui; ils ont dans leur Ville-même un magasin qui me paraît bien-assorti : M. Lecat appelle M. R. prote ignorant. Il aura de la peine à nous persuader sur ce point-là : si cela était, ce prote ignorant aurait-donc-plus de merite qu'Un-autre, d'avoir si bien profité de son temps, et d'être devenu Auteur varié, amusant, instructif, (non dans le genre facil de M. T.), profond, inépuisable. Passons au Journaliste, qui me paraît encore plûs-étonnant dans cette occasion.

M. T. conviendra sans doute avec moi, que la première obligacion d'un comme qui se charge d'un Journal quelconque, est d'avoir le sens commun; et s'il veut-être de bonne-foi, il avoûra qu'il ne l'avait pas, quand il a inséré dans ses Feuilles le logogrife de M. Lecat : de-plûs, il avait un moyen de reparer sa faute en partie, comme l'ont-fait les Auteurs du *Journal-de Paris* il y-a environ deux-ans, dans une occasion semblable, et cela en-ne-mettant pas le mot du logogrife au n° suivant. M. T. a-eu quinze-jours pour faire ses réfleccions : mais j'ai-vu le nom de M. R. écrit tout-au long : c'est une impudence dont il n'y-a-pas d'exemple . . . .

. . . .

. . . . . . Que conclure? Que ces trois Messieurs ont fait chaqu'un dans leur genre, la plûs-grosse bevue possible. Le plûs-coupable, à mon avis, et le Journaliste, qui était-libre de rejeter cette pièce; et comme je ne doute-pas qu'il ne reconnaisse ses torts, s'il veut y-refléchir, je suis-persuadé qu'il en-conviendra publiquement dans son premier Journal, ainsi-que M. Lecat d'Abbeville : s'ils le font, je m'engage à me nommer dans le *Journal-de-Provence*. Mais si ces Messieurs prennent la mouche, et s'endurcissent dans leur impenitence, je les previens qu'ils auront souvent de mes nouvelles ; je suis en fonds pour cela. Hâ ! M. T. ! prenez-y-garde ! on ne vous dira pas, comme le Teinturier à son Juge, qui lui ordonnait d'ôter son gant : «*Monsieur, mettez vos lunettes :* » mais on vous dira : « *Monsieur*, *ôtez vos lunettes*, » et on aura raison, car elles ne vous rendent pas-plûs-joli, et surtout ne vous font pas-voir-mieus.

Le Comte-de-F***,
Officier du Régiment-du-Roi.

Nous croyons avoir apporté des soins particuliers à cette édition. — Les lettres reproduites ont été mises dans un ordre plus naturel ; chacune est suivie de sa réponse, tandis que toutes les pièces avaient été classées par le premier éditeur à leur ordre de date, sans tenir compte de leur sujet. Cette confusion nuit singulièrement à l'intérêt du volume, qu'elle rend d'une lecture difficile. Il faut le reprendre à deux fois pour en comprendre tout le sel. — Il va sans dire que l'orthographe a été respectée dans tous ses caprices. — Enfin une *clef* éclaircit le texte, auquel ont été ajoutées deux lettres qui ne se trouvent pas dans l'édition de 1795.

Comme nous l'avons dit, cette correspondance offre un attrait comique tout particulier. C'est une immense mystification soutenue avec une persistance rare, avec un flegme tout britannique. Malgré soi, on sourit aux résultats incroyables de cette chasse à la crédulité, de cette pipée à l'imbécile pour laquelle deux hommes d'esprit s'unissent afin de contrefaire un seul niais. Sans qu'ils y aient pensé le moins du monde, ce travail d'imitation leur a fait créer un type. Non pas un grotesque vulgaire, non pas un Jocrisse de convention, mais un badaud sérieux, frotté de littérature, écrivant sans faire une faute d'orthographe, ayant son opinion à lui et tenant surtout à la manifester! A ces airs solennels, à ces périphrases verbeuses et entortillées, à ces périodes creuses et sonores, à ces petites pointes de grosse gaillardise, on reconnaît dans Caillot-Duval le Joseph Prudhomme du dix-huitième siècle; on salue en lui le père du bourgeois qu'Henri Monnier a rendu immortel.

CLEF DES NOMS CITÉS.

AUB..., organiste à Nancy. — AUBERT (11).

L'abbé AUB. — AUBERT (14).

BEAU., à Marseille. — BEAUJARD, rédacteur du *Journal de Provence*.

BERTHEL., à Paris. — BERTHELEMOT, confiseur, 6, rue Vieille-Boucherie (12).

CAILLOT-DUVAL. — Cte FORTIA DE PILLES, lieutenant en premier, et DE BOISGELIN, sous-lieutenant, tous deux au régiment du Roi, infanterie.

CAR., facteur de cors. — CARON (7).

CHAUM., perruquier. — CHAUMONT (9).

DE LA ROCHE. — TEXIER DE LA ROCHE, commandant la garde invalide du château, et gouverneur de la ménagerie de Versailles (5).

Mme De Lau. — DELAUNAY (3).

Duv. — DUVAL, confiseur du roi, rue des Lombards, au Grand Monarque (6).

Le C**. — Jean-François LECAT, procureur au présidial d'Abbeville, rédacteur du *Journal de Nançi*. — Cette victime est celle que Caillot-Duval poursuit avec le plus d'acharnement. Dès 1784, nous voyons M. de Fortia exciter contre ce malheureux procureur la colère de Rétif, et, plus tard, l'imprudent Lecat ayant laissé percer l'espoir d'être admis à la Société académique d'Amiens, Caillot-Duval cherche à faire échouer sa candidature en écrivant une vraie dénonciation au secrétaire de cette compagnie (2).

L'Heur. de Chan. — L'HEUREUX DE CHANTELOUP (8).

M — y. — MOSSY, imprimeur libraire à Marseille (15).

Mlle S..., de l'Opéra. — Beaucoup de clefs manuscrites portent ici le nom de Mlle Sainville, qui ne figure, ni pour cette année, ni pour les suivantes, parmi les sujets de l'Académie royale. On y trouve bien une Siville, mais, après la lettre initiale S, ce nom donne six lettres, c'est-à-dire une lettre de moins que les sept points imprimés dans la *Correspondance* ne permettent de le supposer. — Le nom de Saulnier, relevé sur un exemplaire de M. de Fortia, nous paraît donc préférable (1).

SOU. — SOUDÉ, bottier, rue Dauphine (4).

TACO. — TACONET, bourrelier, rue de Grenelle-Saint-Germain (10).

THER. — THERRIN, rédacteur du *Journal de Nancy*.

UR. — URLON, lieutenant de police à Nancy (13).

CLEF

Des noms cités dans l'édition de 1795, et ne figurant pas dans ce recueil.

B., secrétaire de l'Académie d'Amiens; BARON. — Mlle BER., à Paris; BERTIN. — B., à Nancy; BEVERLEY. — BL. DE SAIN; BLIN DE SAINMORE. — CHER., à Paris; CHERVAIN. — DORS., de la Comédie Ital.; DORSONVILLE. — Mme Du Ga., de la Comédie Ital.; DUGAZON. — Herv.; HERVIER. — L—r, maître de musique; LAIR. — L., à Paris; LAIS. — La Fit.; LA FITTE. — Mlle Lau., de la Comédie Française; LAURENT. — M—y, libraire, à Caen; MANOURY. — Mesm.; MESMER. — Nic., à Paris; NICOLET. — De P—s, à Paris; DE PIIS. — Poi—t, huissier priseur; POIRET. — Roc., maître d'écriture; ROCHON, écrivain du cabinet du Roi. — Saut de M—y; SAUTEREAU DE MARSY. — Mme Thom.; THOMASSIN. —

CORRESPONDANCE

EXTRAITS DE L'ÉDITION DE 1795

A Mademoiselle S..., de l'Opéra, à Paris (1).

(Incluse dans la suivante.)

Dresde, le 12 octobre 1785.

La haute réputation, mademoiselle, dont vous jouissez à si juste titre, n'est pas bornée à la France seule; elle a pénétré jusqu'aux glaces du Nord : vous le croirez sans peine, si vous vous rendez justice. Vos talens supérieurs, vos grâces nobles et piquantes subjugueroient le cœur le plus insensible. J'en viens au fait, mademoiselle : retenu dans une cour d'Allemagne, je compte n'être à Paris que dans le mois de janvier. Je ne vous demande point de préférence exclusive, mais simplement de me recevoir avec bonté.

J'ai l'amour-propre de croire que lorsque j'aurai l'avantage d'être connu de vous, mes tendres sentimens vous arracheront un aveu qui fera le bonheur de ma vie.

Mon chambellan, qui est avec mes équipages à Nancy, pour y attendre la princesse mon épouse, qui doit y passer l'hiver, vous fera parvenir ma lettre .

. . . .

Nancy, le 1er novembre 1785.

Telle est, mademoiselle, la lettre que Son Altesse m'ordonne de vous faire passer : je ne vous l'envoie pas en original, ses ordres portant expressément de la faire copier ; elle a les plus grands ménagemens à garder jusqu'à son arrivée en France. Monseigneur compte se fixer à Paris jusqu'au mois de juillet ; de là revenir à Plombières, où il rejoindra la princesse son auguste épouse, dont l'état ne lui permet pas de se rendre à Paris, et qui passera l'hiver ici.

Je ne vous parle pas du personnel de Son Altesse; vous en jugerez : si vous voulez me témoigner de la confiance, je vous donnerai, avec franchise, tous les détails que vous pourrez désirer. Je suis attaché au prince depuis son enfance; je l'ai vu naître, et il n'a rien de caché pour moi; je vous dirai même que c'est à moi que vous devez cette bonne fortune. J'ai eu le plaisir de vous voir plusieurs fois, il y a deux ans : quoique je ne vous aye jamais parlé, je vous rappellerai des circonstances qui vous en feront ressouvenir.

Vous voudrez bien m'adresser votre réponse ici, et y joindre celle pour le prince, cachetée avec enveloppe. Il ne veut se nommer que lorsqu'il connoîtra vos sentimens favorables ou contraires ; il sent, ainsi que moi, que vous pourriez avoir des engagemens impossibles à rompre.

J'ai l'honneur d'être, etc.

CAILLOT DUVAL.

Double Réponse.

Paris, le 3 novembre 1785.

Je fais un effort sur moi-même pour répondre à ce que vous daignez me faire écrire : je suis pénétrée d'un pareil honneur ; la lettre de ma sœur expliquera mieux mes sentimens.

Monseigneur,

de votre altesse

la très-humble servante.

S . . . cadette,

Paris, le 3 novembre 1785.

L'état où se trouve ma sœur ne lui permet pas d'écrire en ce moment. Le dernier voyage qu'elle vient de faire à Fontainebleau lui a causé des fièvres violentes qui la retiennent dans son lit ; elle a été seignée quatres fois. Sans cela elle auroit l'honneur de répondre au prince qu'elle ne connoît pas encore, mais que les choses flatteuses qu'il lui fait dire lui font bien désirer de le connoître. Des procédés si honnaites pourroient bien faire naître dans son cœur des sentimens qu'elle n'a pas encore éprouvé. Nous espérons, M., de votre bonté, ma sœur et moi, que vous ne nous laisserez pas attendre avec impatience une réponse dans laquelle sur-tout vous n'oublierez pas des circonstances que vous nous promettez : nous vous prions, monsieur, de vouloir bien croire qu'on ne peut rien ajouter aux sentimens de reconnoissance et de respet avec lesquels nous avons l'honeur d'être vos très-humbles servantes.

S... l'aînée.

A Mademoiselle S..., de l'Opéra.

Nancy, le 11 novembre 1785.

J'ai reçu, mademoiselle, votre lettre du 3, et celle de mademoiselle votre sœur; j'ai fait partir sur-le-champ la vôtre pour Manheim, où le prince doit être depuis avant-hier ; j'y ai joint une copie de celle de mademoiselle votre sœur. Si son altesse est satisfaite, comme je n'en doute pas, de la célérité que vous avez mise à lui répondre, elle sera bien touchée de l'état fâcheux dans lequel vous vous trouvez ; j'espère que vous m'informerez exactement des suites de votre maladie, qui ne peut être produite que par la fatig ue du voyage de Fontainebleau ; et je compte que votre première lettre m'apportera des nouvelles satisfaisantes.

Je ne doute pas de recevoir sous très-peu de jours, une lettre du prince pour vous; mais en attendant, voici les détails que je crois pouvoir vous donner, d'après mes conversations avec lui. Quoiqu'il soit naturellement très-généreux, il se trouve un peu gêné dans ce moment-ci, parce qu'il s'empresse de liquider toutes les dettes que son père avoit contractées avec le roi de Prusse, monarque aussi peu galant que créancier exigeant. En conséquence, voici à peu près ce que je crois pouvoir vous assurer qu'il fera pour vous : j'aime mieux vous dire moins que plus.

D'abord il veut une petite maison, seule, s'il est possible (pour vous s'entend), aux environs des boulevards ; il y mettra mille écus ; il la garnira de six à huit mille francs de meubles, habillera deux laquais et un cocher, donnera une diligence et deux chevaux, le tout de cinq à six mille francs ; de plus vous aurez cinquante louis par mois, et votre maison sera défrayée de tout. Je ne vous parle pas des petits agréments, tel que des loges aux spectacles, et des cadeaux courans : voilà ce dont je suis sûr. Je n'entre dans tous ces détails qu'afin que vous sachiez sur quoi compter : je sais que l'intérêt n'est qu'une chose bien secondaire, et que c'est le sentiment seul qui doit décider de tout ; je vous prie même de me garder le secret, puisque j'agis de mon chef, et à l'insçu du prince, qui m'en sauroit peut-être mauvais gré, vu que sa méthode est de chercher à gagner et captiver les cœurs.

Lorsqu'il vous sera connu, vous serez

forcée de convenir qu'il a bien réellement le sentiment épuré de l'amour.

Faites-moi le plaisir de remettre à mademoiselle votre sœur, la lettre ci-jointe : la sienne est si joliment écrite, que je n'ai pu m'empêcher de lui en faire mon compliment ; j'entrevois qu'elle doit être fort aimable.

Vous avez oublié de cacheter votre lettre pour le prince, comme je vous l'avais recommandé ; souvenez-vous-en pour la première qui contiendra beaucoup de choses que je suis censé ignorer.

J'ai l'honneur d'être, etc.

CAILLOT DUVAL.

A Mademoiselle S..., l'aînée, à Paris.

(Incluse dans la précédente.)

Nancy, le 11 novembre 1785.

Je vous avoue, mademoiselle, que votre lettre m'a enchanté, elle m'inspire le plus grand désir de faire votre connoissance, et je suis persuadé que votre société ne peut qu'être infiniment agréable. Que j'aime à voir deux sœurs vivre en aussi bonne intelligence ! cela fait l'éloge de vos cœurs. Comme vous me semblez avoir toute la confiance de votre aimable sœur, je vais m'ouvrir à vous sur certains points délicats, auxquels j'espère que vous me répondrez avec la même franchise.

J'ose me flatter que vous n'avez point pris de moi une idée défavorable ; la démarche que je fais aujourd'hui n'a pour principe que l'amitié la plus pure, et la moins susceptible de soupçons fâcheux. Soit dit entre nous, je désirerois bien que vous voulussiez me faire connoître le caractère de mademoiselle votre sœur ; quels sont ses goûts, le genre de ses sociétés (article essentiel). Le prince est la douceur et la bonté même ; il est gai et ouvert : son foible (il est bien pardonnable) est de vouloir être aimé. C'est un modèle de constance, du moment qu'on lui plaît : il faut pour cela des attentions soutenues, et lui témoigner un attachement et une confiance sans bornes. Pour vous en donner un exemple , il a passé trois ans avec une Française réfugiée, dont il a une fille. Leur amour n'a été troublé que par la mort de cette tendre et chère amante, qui a rendu le dernier soupir dans ses bras. Il s'est écoulé quatre ans depuis cette terrible catastrophe : il a pris sur ses revenus une somme annuelle de 25,000 florins, pour completer 100,000, qu'il vient de placer sur la tête de ce précieux enfant, qui a à peine cinq ans. Son mariage, qui s'est fait dans cet intervalle, a calmé, pour un moment, sa douleur : enfin, la raison est venue à son secours, et, comme son cœur a besoin d'aimer (son mariage étant une affaire de convenance trop ordinaire parmi ses pareils), je lui ai parlé de mademoiselle votre sœur ; d'après le portrait que j'en ai fait, il s'est décidé sur-le-champ. Sur-tout n'oubliez pas les renseignemens que je vous demande ; de plus, dites-moi si vous habitez avec tous vos parents, et si vous et votre sœur consentez à les quitter; car l'intention de son altesse est qu'il n'y ait que votre sœur dans la maison qu'elle lui destine : mais je me charge d'arranger les choses pour que vous y habitiez aussi; cela sera même plus convenable pour elle, et plus agréable pour vous.

N'oubliez pas de recommander à votre sœur de m'envoyer la lettre pour le prince, cachetée et sous enveloppe : elle peut s'expliquer en toute confiance; il suffira qu'elle mette sur l'adresse : *pour son altesse.*

J'ai l'honneur d'être, etc.

CAILLOT DUVAL.

Réponse.

Paris, le 15 novembre 1785.

MONSIEUR,

Je suis bien flatée de la bonne opinion que vous voulez bien prendre de moi : cela cependant ne me donnera point d'amour-propre, parce que je suis bien éloignée de penser qu'il n'y ait que nos chevaliers français de galans ; ce sont des complimens auxquels on doit s'attendre quand on écrit à un homme d'esprit.

Vous désirez de me connaître, monsieur, en cela nos désirs sont réciproques. Comment avez-vous pu penser que peut-être nous aurions sur votre comte des sentimens différans de ceux que le rang que vous occupez et les bons offices que vous voulez nous rendre doivent faire naître dans nos cœurs ?

Quelque soit le motif qui vous et fait écrire ces lettres, n'importe c'est un amour de roman qui me plairoit assez, mes en vérité vous ête bien repreansible de nous avoir tu le nom du héros. Vous conaisez la curiosité des femmes et vous n'avez pas encor satisfet à la notre. Vous me demandez une explicastion que ma sœur ne pourra vous donner, il lui est impossible de vous répondre car l'aplication quexigeroit une pareille réponse seroit dans le cas de lui donner la fievre.

et vous ête trop honnaîte pour ne pas vous contenter d'une pareille raison.

Le portraits que vous faites de votre aimable prince ne soroit manquer de plaire et je trouve dans le caracter de ma sœur un peu d'analogie avec le sien.

Elle est sans expérience parce qu'elle est encor geune l'amitié quelle a pour ses parens et son penchand à rendre service son la bâse de son cœur.

Concentrée dans le sin de sa famille ou elle se plaît beaucoup, elle ne voi point de sociétés ou le cœur et l'esprit pourroient se dépraver avec des pareilles précaustions et une semblable retenue les qualités du cœur ne peuvent manquer de paroitre à ses yeux bien plus estimable que les avantages de la figure dont la frivolité feroit le prinsipal ornement. Comme il ne lui serait pas difficile de trouver les avantages qui s'ofrent les premiers aux ames intéressées dans les conditions que vous imposez, ausi ne seront pas les motifs qui la détermineront mais plutaut l'idée douce et flateuse d'être aimée d'une personne que la naissance et des brillantes quallitées élevent au desssus des autres hommes.

Quoique sa dépense soit grande la première place quelle occupe à l'opéra la met à l'abrit de ces variastions de monter et de descendre.

Quand a la petite maison que le prince désireroit quelle ocupat, avant d'avoir reçu aucunes de vos lettres on en avoit déja loué une pour 3000 l. sur les boulvars et toutes les commodités qui s'y trouvent ne laisseroient rien à désirer à son altesse. Pour la voiture et les chevaux le prince pourra reconnoitre cela d'une autre maniére parce que nous en avons deux toutes neuves.

Comme nous sommes unies des l'enfance rien ne soroit nous séparer, nous n'avons qu'une mer que nous aimons tendrement, et deux frere mes qui par leurs états présent ne sont point dans le cas de recourir à nous, voilà toutes notre famille et notre suite et notre société ordiner.

Coique ma sœur soit un peux mieux actuelment et hor de danger cepandant la maladie un peu longue quelle a éprouvée l'a laissée dans une grande foiblesse qui la met dans l'imposibilité de rien faire qui exige de l'attention sans nuir au rétablissement de la santé c'est pourquoi M. veullez bien agréér au prince ses regrets de ne pouvoir lui écrire et recevoir en même temps de ma part les assurances etc. J'ai l'honneur d'être etc.

S . . . l'ainée.

P. S. Dans la première lettre que vous nous écrirez nous esperons surtout que vous nous tirerez d'incertitude en nous envoyant le non du prince, san cela le romans deviendroit froi et sans interes.

A Mademoiselle S..., l'aînée, à Paris.

Nancy, le 17 novembre 1785.

Je reçois à l'instant, mademoiselle, votre lettre du 15 : il m'est impossible d'y répondre en détail aujourd'hui; je me bornerai à vous observer, que j'ai lieu d'être étonné de quelques passages qu'elle contient, qui tendent à faire croire que vous regardez ceci comme un roman. Croyez que vous êtes dans l'erreur : rien n'est plus sérieux que tout ce que je vous ai écrit, et je ne vous cache pas que si le prince venoit à être instruit de la manière dont vous avez reçu ses offres, le dépit pourroit les lui faire porter ailleurs où vous pouvez croire qu'elles seroient reçues avec empressement ; car je suis bien aise de vous prévenir qu'il est loin d'être habitué à des refus : ses qualités physiques et morales, le rang qu'il tient dans le monde, sont des motifs assez puissans pour qu'il ne doive pas s'y attendre. Croyez que je ne vous parle que pour votre bien, et pour celui de votre sœur : j'attends une réponse prompte et satisfaisante ; car, si le prince arrivoit, je n'oserois lui montrer celle que je viens de recevoir, et pour lors votre silence seroit sûrement mal interprêté; si, contre mon attente, vous tardiez plus de huit jours à me répondre, je serois forcé de regarder votre silence comme une rupture, et d'en écrire au prince en conséquence; je prendrois ce parti-là à regret : mais mon devoir m'en feroit une loi, et vous êtes trop juste pour me blamer.

Je suis, etc.

CAILLOT DUVAL.

Réponse.

Paris, le 20 novembre 1785.

Votre letre du 17, monsieur, me surprend beaucoup : comment avez vous pu croire que nous regardions comme un badinage des offre aussi sérieuses que celles que vous nous avez faites. Non, monsieur, je me hâte de vous désabusé : croyez que nous resentons vivement les obligations infinis que nous vous avons, et que nous savons aprécié les avantages qui doivent en résulté. Assurez le prince de notre parfait estimes et de notre profond respet. Je crois pouvoir vous répondre au non de ma sœur, (coique à son insu) quelle ne tardera pas à resentir pour son altesse un sentiment qui lui a été inconnu jusquà présant : c'est de quoi vous pouvez être persuadé ainsi que de ceux avec léquels je suis, monsieur votre, etc.

S... l'ainée.

P. S. Songez que vous me devez une réponse, ma lettre du 15 en demande une pour plusieurs article : oubliez les frases qui on pu vous paroître l'ouches, l'interprétastion que vous leur avez doné est bien loin de notre pensée, et nous meriterion la rupture dont vous nous menacé si nous avions pu adopté des idées absurde et jose dire bien coupable après de telles avance de la par d'un prince ausi aimable et... ausi aimé... le mot est laché je ferme ma letre : car je lefacerois.

A Mademoiselle S..., l'aînée.

Nancy, le 24 novembre 1785.

J'ai reçu avec grand plaisir, mademoiselle, votre lettre du 20 : elle me rassure pleinement sur mes craintes, qui, dans le fond, étoient plus pour vous que pour moi, puisque vous et votre sœur y êtes les seules intéressées.

Si je n'ai pu répondre sur-le-champ à votre charmante lettre du 18 de ce mois, c'est que vous paroissez désirer vivement la connoissance d'une chose sur laquelle le consentement de son altesse étoit indispensable. Je lui ai écrit sur-le-champ à Strasbourg où il étoit dans le plus grand *incognito*, pour le lui demander. Sa réponse me laissant le maître, je crois pouvoir compter assez sur votre discrétion, pour vous apprendre que mon maître est le prince KABARDINSKI, frère du prince HÉRACLIUS *, dont vous savez que la Russie

* La grande et la petite Kabardie sont, en effet, des pays du Caucase où le nom d'Héraclius est encore porté dans une famille princière.

a recherché l'alliance avec tant d'empressement. Sa mère est une Française dont les aventures sont un roman, que je me ferai une fête de vous raconter cet hiver au coin du feu. Sa femme lui a apporté une dot immense, et l'assurance d'une principauté en Allemagne, dont le possesseur actuel est podagre et cacochyme. Il est vrai qu'il n'hérite pas des états de son frère, mais il lui a fait un sort indépendant et très-considérable. Votre extrême franchise m'engage à ne vous rien cacher. Le prince, avec un très-beau physique, a les manières un peu tartares. Que ce mot ne vous effraye pas, il est d'un caractère doux et benin, et n'a pas plus de fiel qu'un hanneton.

Je crois n'avoir pas besoin de vous recommander le secret le plus absolu sur tout ce que je vous écris, et même vous m'obligeriez de brûler mes lettres.

Ce que vous me mandez sur la maison que vous avez louée me fait grand plaisir ; quant aux voitures et aux chevaux, puisqu'ils vous sont inutiles, son altesse, comme vous le dites fort bien, retrouvera cela en vaisselle ou en diamans.

Que votre union avec mademoiselle votre sœur mérite d'éloges! elle est faite pour donner la meilleure idée de votre façon de penser. La tendresse que vous avez pour madame votre chère mère est encore un de ces beaux traits qui font d'autant plus d'honneur au siècle qu'ils sont plus rares. Quant à messieurs vos frères, je suis bien trompé si je n'ai pas entendu parler d'un monsieur S...... du plus grand talent sur le cistre. Si par hasard il est votre frère, il pourra être utile à son altesse, qui a le désir d'apprendre un instrument, et que nous déciderons pour celui-là qui en vaut bien un autre.

Je crois indispensable que le prince trouve à son arrivée ici une lettre de mademoiselle votre sœur, bien détaillée; j'espère que sa santé lui permettra de l'écrire. Veuillez bien lui présenter mes hommages, et lui recommander sur-tout de cacheter la lettre pour le prince, et de l'adresser sous mon couvert, toujours poste restante ; il sera *incognito* jusques à son arrivée dans la capitale.

Vous terminez votre aimable épître par dire que si le nom du prince demeuroit inconnu, le roman seroit froid : vous pouvez avoir raison, mais je suis bien aise de vous dire que le dénoûment sera très-chaud, malgré la rigueur de la saison ; car le prince est vraiment *un payeur d'arrérages* (ne prenez pas en mal ce petit badinage), et moi je soutiens bravement l'honneur du pavillon (passez-moi je vous prie cette bouffée de tempérament).

J'ai l'honneur d'être, etc.

CAILLOT DUVAL.

Réponse.

Paris, le 28 novembre 1785.

J'ai reçu, monsieur, dimanche dernier, votre charmante lettre, que j'ai lue trois ou quatre fois. En vérité, il faut avouer que vous êtes un homme consommé dans la galanterie, et qu'il y auroit du danger à vous voir de trop près; mais je crois que l'on peut s'amuser, sans que cela tire à conséquence.

Vous ne me croyez pas assez dépourvue de sens commun pour me persuader que l'istoire du Prince Kabardinski ne soit une chimère. Comme j'ai *un peu* d'expérience, je ne suis pas tout-à-fait crédule; je ne peux deviner le motif qui vous anime, les gens d'esprit cherchent toujours les occasions de faire des complimens : si cela est vous avez parfaitement réussi. J'ai cherchez une journée entière le nom du prince Kabardinski dans l'almanac, et je suis persuadée qu'il n'existe point de prince de ce nom ni même un qui lui ressemble, non plus que celui de son frère. Je fais la réflecsion que puisqu'il a un frère souverain, ce n'est pas à lui à payer les dettes de son père, *au monarque aussi peu galant que créancier exigeant.*

Ma sœur voyant la plaisanterie, vouloit m'empêcher d'écrire, mais moi qui suis enchantée de faire un petit roman de toutes les jolies lettres que j'ai reçues, je comte que vos lettre me serviront beaucoup quand vous serez à Paris nous arengerons cela ensemble, sans y oublier des grand noms pour donner plus d'intérest à la chose santoutefois comprometre personne en un mot je suivrai vos conseilles pour le roman tragicommique votre esprit, vos lumières, votre stile coulant m'asurent du plus grand succès pour notre livre.

J'ai peine a croire que le pays que vous abitez vous et vu naître, il est rare qu'en un climat si sombre il y ait des personnes d'un mérite si distingué vous resenblez plutaut à un chevalier français fidelle à sa patrie et infidelle à sa métraisce.

Il faut que son altesse croye ma sœur bien étourdie de penser qu'elle lui écrira sans avoir reçu de lettres personnelle; quoiqu'elle n'ait que seize ans, elle a la raison de quarante elle ne me resenble pas *elle ne veut pas s'amuser en idée.* Pour moi qui cherche à rire, je vous écris avec le plus grand plaisir et san chercher à aprofondir vos raisons.

Je ne suis point au fait de l'istoire de Russie voila pourquoi je ne sais point ce que vous me dite.

Malgré que je sois un peu indiscrette, je veux bien pour vous me faire violence, mais j'ai toujours envie de m'éclaircir. Ah! c'est un grand sacrifice que je vous fais de me taire je vous pris cependant de comter sur ma discrestion. Voici ce que ma sœur dit pour le prince.

« L'on n'aime pas sans connoître, il n'y a que des grandes qualités et de grandes assurances, qui puissent déterminer un cœur qui se méfie de tout. Si le prince avoit les tendres sentimens que l'on se force de me de faire croire, il m'en orait déja donné des preuves. Je ne lui en demande qu'une bien petite encore, c'est son portrait que je désirerois avoir, Je promet d'en garder le secret mes surtout qu'il m'écrive lui-même. »

Il y a une chose qui paroit bien extraordinaire, c'est que vous vous serviez d'une main étranger pour nous écrire : il me semble qu'en pareil cas l'on ne. s'en rapporte qu'à soi même.

La dernier frase de votre lettre a fait *rougir* ma sœur. Moi, qui pense toujours à notre livre, je suis bien aise d'en voir le dénouement de tout cesi

Quand au trais un peu galant dont vous termine votre lettre, j'y ajouteres que votre témoignage n'est pas tout-à-fait recevable : c'est à la seule Venus à juger des prouesses de Mars.

J'ai l'honneur d'être, etc.

S..., l'aînée.

A Mademoiselle S..., de l'Opéra, à Paris.

(Incluse dans la suivante.)

Nancy, le 5 décembre 1785.

J'arrive dans cette ville, mademoiselle; mon chambellan qui a toute ma confiance, m'a parlé de vous d'une manière si avantageuse, que je me rends à ses sollicitations pressantes, malgré tous les ménagemens que j'ai encore à garder : je prends sur moi de vous écrire; je vous confirme tout ce que mon chambellan vous a mandé; j'y ajouterai que, dans un mois au plus tard, j'aurai le plaisir d'admirer de plus près ces grâces touchantes qui sont l'objet de toutes mes pensées.

Depuis votre première lettre, vous m'avez traité avec bien de la rigueur : j'espère qu'elle va cesser, et que d'ici à mon départ, nous aurons une correspondance suivie, qui sera le prélude d'une liaison qui fera le bonheur de ma vie.

J'ai l'honneur d'être, etc.

Le prince K...

A Mademoiselle S..., l'aînée, à Paris.

Nancy, le 6 décembre 1785.

J'ai reçu, mademoiselle, votre lettre, que je n'ai pas eu besoin de relire trois ou quatre fois, comme vous avez fait de la mienne : je vous avoue que je ne suis pas encore revenu de l'étonnement qu'elle m'a causé. Un autre que moi jetteroit feu et flamme; j'ai cependant un grand motif de consolation; c'est que je vois que vous avez gardé le plus profond secret, comme je vous l'avois recommandé; car si vous en eussiez ouvert la bouche à qui que ce soit, il n'est personne qui ne vous eût appris ce que c'est que le prince Héraclius, de l'existence duquel vous paroissez douter : ce n'est pas dans les étrennes mignones que vous trouverez son nom et celui du prince Kabardinski. Toutes les gazettes ont assez retenti et retentissent encore du nom du frère aîné : il y a sans doute des Russes à Paris; parlez-leur-en, sans entrer dans aucun détail, et vous verrez ce qu'ils vous en diront. Quant au pays dont vous doutez aussi, prenez la peine d'ouvrir le tome cinquième de l'histoire naturelle de M. de Buffon, et la page 20 vous instruira de ce que sont les peuples de Kabardinski, et s'ils sont tant à dédaigner; selon cet auteur, et selon la vérité, les habitans de cette contrée sont les plus vigoureux hommes que l'on connoisse : son altesse soutient bien la réputation de son pays.

Il vous semble extraordinaire que le prince paye les dettes de son père, ayant un frère souverain ; vous saurez que comme le prince Héraclius lui a fait un sort beaucoup plus considérable qu'il ne devoit l'espérer, il est convenu, en revanche, de liquider sur ses revenus une partie des dettes contractées par leur père. Dans deux ans, il sera tout-à-fait quitte ; cela n'empêche pas qu'il ne soit puissamment riche, même dans ce moment-ci.

Je crois qu'il est fort heureux pour votre sœur que vous n'ayez pas suivi son conseil, en ne me répondant pas.

Son altesse est ici depuis deux jours ; je l'ai déterminée, avec bien de la peine, à écrire à votre sœur, et je joins ici sa lettre. Je n'ai pas osé lui parler du portrait ; c'est une manière trop délicate pour ce moment-ci : d'ailleurs il eût peut-être voulu voir la lettre où on le demandoit, et s'il avoit lu celle que j'ai reçue de vous, il ne seroit plus question de rien, et il eût été impossible de le ramener. Le prince, quoique doux et complaisant, est fort haut et très susceptible.

Vous faites une réflexion très-juste, que j'ai tort de me servir d'une main étrangère pour des choses de cette nature; mais rassurez-vous : mon secrétaire est si bête qu'il ne comprend pas un mot de ce qu'il écrit, et de plus, je vous évite de lire mon griffonnage, car je ne peins pas bien.

Je suis fâché que la dernière phrase de ma lettre ait présenté à votre sœur des idées un peu croustilleuses : j'éviterai de retomber dans la même faute; mais je vous dirai, entre nous, que, puisqu'elle n'aime pas à s'amuser en idée, le prince est bien son affaire, et l'amusera réellement. Quant à moi, je vous assure que je suis aussi pour les plaisirs réels et palpables : je puis dire, en toute vérité, que Vénus ne m'a jamais pris pour Mars en carême.

J'ai l'honneur d'être, etc.

CAILLOT DUVAL.

Réponse.

Paris, 14 décembre 1785.

Je ne puis imaginer, monsieur, que vous montrez de l'étonnement de ce que j'ai lu trois fois ou quatre fois une lettre charmante.

Tel est le charme des choses écrites avec esprit lorsqu'on les a lues, on veut les relire encore mais malgré cela il ne faut point que l'esprit nous fasse donner dans l'illusion ; insi les graces et le stil séduisant de vos lettres n'empechera pas ma raison d'en aprécier les motifs, et d'en peser les conséquences,

Il me paroit bien étrange qu'un prince soit amoureux de ma sœur qu'il n'a jamais vue. N'est ce pas un peu Domguichote et l'aveu le plus flatteur en pareil cas doit il paroitre sincére. Ah ! ceci à trop l'air de quelque tour d'un chevalier françois, pour que l'on puisse raisonnablement y ajouter fois que voulez vous ! l'on fait tant de ces petites méchancetés à Paris qu'il faut bien que la méfiance et la circonspection soit notre sauve garde pour qu'on ne fasse pas des risées sur notre comte.

De plus quelque crédule et quelque simple que je fusse, comment vouderiez vous que je crusse ce que vous suposez que votre sécraiter à transcrit lui-même. En véritté, il faudroit être bien complaisant pour souxcrire à un pareil aveu. Non, non, je n'en croi rien. Vous avez fait une école en prenent ce biais pour répondre à l'obgection que je vous fis de ce qu'en pareil cas vous vous serviez d'une main étrangere. Je me rappelle que dans une comédie moderne, je lu : *Mondieu que ces gens d'esprit sont sot.* Permettes moi de me servir *de ce passage, et vous dire, moi : Mon dieu ! que ces gens d'esprit sont étourdis.*

Vous me renvoyez aux gasetes et aux journaux qui doivent m'instruire du prince Kabardinski et du prince son frère. Doi-je m'imposer une tache si dure que de les parcourir tous. A la bonheur si ces gazetes et ces journaux étoient écrîtes d'un stil tel que celui de la *Nouvelle Héloïse!* De plus, la Crimée désolée tour à tour par les armes des Turcs et des Russes, prouveroit elle quelque chose en faveur du héros phantastique qu'il vous plairoit d'imaginer.

Avec tout votre esprit, monsieur le romancier vous avez fait une école, et même je pourois en citer plus d'une. La tête du roman alloit bien, mais vous avez pechez par la queue, et je vous laisse à penser si je devois m'en appercevoir.

J'ai lu la lettre de son altesse, elle n'est pas moins intéressante que la votre, mais ma sœur ne peut y répondre actuelment. Elle n'est point à Paris. Comme elle a été fort malade elle est partie pour la campagne afin d'y respirer un air plus salutere. Je lui porterai la lettre, mais ce ne peut etre avant huit jours et je songe que dans cet intervalle je peux encore recevoir une lettre de vous. Je la lui enverrois, mais elle ne se détermineroit point à répondre si je n'étois présente, parce quelle présume qu'il en doit être de votre prince Héracrius, *comme de celui de Cornail.* Vous entendez ce que cela veut dire. Je lirai M. de Buffon, quoique je n'en puisse pas saisir toutes les beautés. Il n'est rien que je ne fasse pour connoitre les peuples de Kabardinski. Je vous prie de dire au prince que ma sœur est à trente lieue de Paris ou elle restera une quinzaine de jours pour sa santé, elle sera sans doutte bien flattée en recevant la lettre.

Vous me marquez que vous venez à Paris, je n'ai pu voir en quel temps vous avez mis le cachet sur la datte et je l'ai ouverte de manier que je n'ai pû la déchifrer. Marquez nous S. V. P. quand vous reviendrez, et ne douttez point de l'acueil que vous avez droit d'attendre en arrivant à Paris et des sentimens avec lesquels, etc.

S. . . l'ainée.

A Mademoiselle S... l'aînée, à Paris.

Nancy, le 25 décembre 1785.

Votre lettre du 14, mademoiselle, m'est parvenue il y a quelques jours; je vous avoue qu'elle m'a causé le plus grand étonnement, par le ton de plaisanterie qui y règne. La chose d'elle-même étoit assez sérieuse, soit par le personnage qu'elle mettoit en jeu, soit par la sincérité des aveux que renfermoient mes lettres. Le silence obstiné de votre sœur m'a forcé de montrer au prince votre réponse, pour me soustraire aux reproches dont il m'accabloit; il en a été indigné, et, dans sa colère, il m'a tenu à peu près ce langage (les yeux hagards, et l'écume sur les lèvres) : Vous êtes bien osé, de m'avoir compromis avec de pareilles caillettes (c'est son mot favori); vous mériteriez que je vous envoyasse à *Lodeorbarli* * (c'est la

* Ce mot énigmatique n'est, comme les suivants, qu'un anagramme peu honnête. Nous laissons aux amateurs de ce divertissement le soin de deviner.

prison d'État chez le prince, située près du Pont-Euxin); je veux bien vous pardonner en mémoire de vos services passés, mais vous serez un mois sans manger à ma table, et jusques-là vous vivrez de *codelipons* (nourriture mal-saine) et de *chartoufedu* (boisson exécrable). Voilà pourtant ce que vous m'attirez, pour avoir voulu rendre service à votre sœur; c'est une leçon pour l'avenir. Il a terminé sa brusque incartade par me dire qu'il ne vouloit plus entendre parler de vous, et qu'il se repentoit de s'être reposé si long-temps sur des petites perronelles (passez-moi le mot). J'ai fait mon possible pour l'appaiser, mais j'ai reconnu que le seul moyen, s'il y en a un, est une lettre de votre sœur, ou au moins de vous, adressée à lui-même. Il n'est pas mal intentionné pour vous : son plus grand mécontentement vient de votre sœur.

Si vous ne pouvez vous déterminer à écrire, votre sœur ni vous, au moins apprenez-moi si, comme je l'espère, vous m'avez gardé le secret le plus inviolable.

Je serois perdu, si vous y aviez manqué. Vous voyez que mon sort est entre vos mains : mais je vous crois trop honnête pour abuser de la confiance que j'ai eue en vous. Je suis menacé, dans ce cas, du supplice des *courtousedilles*, toujours suivi de la ruine du principe générateur.

Je ne sais où vous avez pris que la Crimée étoit désolée tour à tour par les Russes et les Turcs : elle ne l'est par personne. Ces climats sont protégés par la division du prince *Botanipet*, qui est composée des trois régimens des *Pasteroipètes*, *Friscarpètes*, et *Simmocupètes* : ce sont des troupes superbes, faciles à entamer, mais fort aisées à recruter.

Je dois entendre, selon vous, ce que c'est que le prince *de Cornail;* j'avoue, à ma honte, que c'est la première fois que j'en entends parler. Si j'avois affaire à une personne moins instruite, je croirois qu'elle a voulu dire *Corneille* ; mais ce seroit vous faire injure, que de vous croire capable d'une erreur aussi grossière.

J'attends incessamment de vos nouvelles,

et je vous prie de me croire, en attendant, etc.

CAILLOT DUVAL.

P. S. Etant peu occupé dans ce moment, je me suis permis un petit logogryphe que je soumets à votre jugement.

LOGOGRYPHE.

Je vaux plus de cinq sans ma queue,
Et ne vaut qu'un avec ma queue :
Entouré de blanc sans ma queue,
Cerné de noir avec ma queue.
Vous me chérissez sans ma queue,
Vous m'adorez avec ma queue.
Je suis en montre sans ma queue,
Et je me montre avec ma queue.

Ce seroit faire injure à votre pénétration que d'y joindre le mot : si le jeu vous plaît, vous n'avez qu'à dire, vous en recevrez un par tous les courriers. Une personne aussi instruite que vous, connoît sans doute les chiffres romains. Vous voyez que je vous mets sur la voie.

Réponse.

Paris, le 28 décembre 1785.

Quelque disposée que je fusse à continuer la correspondance sur le ton de plaisanterie qui semble en effet convenir à tout ceci, sependant le tableau touchant et pathétique que vous m'avez fait de la situation embarrassante ou vous vous êtes trouvé à l'abord du prince, m'engage de vous répondre plus sérieusement. J'ai en vérité beaucoup de peine du mauvais traitement que vous avez éprouvez de la par du prince. Quoi! pour une bagatelle parler de prison d'État! vous condanner pour un mois à ne manger que du *codelipon*, et ne boire que du *chartouf édu* c'est en véritté avoir un caracter dur je vois bien qu'il ne fait pas toujours bon de badiner avec les princes tartares. San doute les femmes de Karbardinki accoutumées à la dépendance à l'égard des hommes n'ont pas encor pris le soin de poliser leurs manières grossières. Je voudrois bien être plus près de vous pour tacher d'adoucir la rigueur du procédé de son altesse car je pense que lorsquon fait un repas aussi maigre que celui auquelle le prince vous acondanne il n'est pas possible alors de parler d'amour bien haud. Je me ferois un devoir de vous visiter dans votre prison, je me chargeroit de la fonction de votre maître d'hotel, votre table seroit servie sans profusion mais avec délicatesse et le vin de Champagne et de Bourgogne tiendroient la place d'une boisson qui peut-être est d'usage lorsqu'on a besoin d'observer un régime. San doute, la diette ne convient qu'aux amans langoureux qui ne vivent que de soupirs et meurent par métaphore mais ce doit être autre chose pour vous à qui des circonstances facheuses ne sauroient en lever la gaité de votre esprit et vous empechét de faire des logogryphes (je vous previen que j'ai deviné le votre sur le champ et vous n'en serez pas surpris). C'et bien fait avous de mêler du badinage par mi les choses les plus graves. Vous mérités d'être François et je vous soupçonne beaucoup de l'être.

Le courroux du prince m'a causé véritablement de la peine mais c'est pour vous que j'ai craint. Je lui passe très-volontiers les termes dont il s'est servi pour nous apostropher. On voit bien quils se sent un peu de la rudesse du climat qu'il habite, mais, quand il aurat séjourné quelque tems à Paris en devenant un prince accompli, il apprendra que les manières honnaites et gracieuses dont on use à l'égard des femmes rendent leur commerce plus doux et plus agréable.

Adieu, pénitent agréable, vous allez commencer votre ramadan, je vous souhaite patience et bon courage, faites ensorte de venir au plutot participer aux amusemens de notre carnaval.

J'ai l'honeur d'être, etc.

S... l'ainée.

A Mademoiselle S... l'aînée, à Paris.

Nancy, le 10 janvier 1786.

J'ai reçu, ma charmante amie, votre aimable épître du 28; elle m'a réconforté au point de faire hausser mes actions à un degré que je ne connoissois plus depuis ma disgrâce.

La nature, muette chez moi, s'est fait entendre avec l'énergie de mes premières années : hier encore, entièrement occupé de vous pendant mon sommeil, je me suis réveillé nageant dans une mer de délices. Non, je ne puis me persuader que cet ordre mendiant, si connu par son extérieur bizarre, ait jamais eu d'aussi bonne fortune.

Ce qui a mis le comble à ma félicité, c'est que son altesse a bien voulu oublier mes torts, et me rendre ses bonnes grâces au jour de l'an. J'ai été admis à l'honneur du *saicebul**; c'est ce qui répond à la faveur

* Même remarque que pour les précédents anagrammes.

de baiser la main : mon ordinaire a été changé ; je mange à la table du prince, et tous les jours nous nous régalons de *cagupeles*, c'est son plat favori : il répond à cette espèce d'oublies que vous appelez *plaisir des dames ;* il faut toujours les manger entiers, ou ils ne valent rien. Vous savez mieux que personne combien il est difficile de garder long-temps intacts des objets aussi délicats.

Il y a toute apparence que nous ne serons à Paris que vers le milieu de février : je me ferai un plaisir de me rendre chez vous le plutôt possible ; ma consolation, jusqu'à ce moment, sera de recevoir de vos chères lettres. Quant au prince, il ne m'a plus parlé de vous, et vous sentez que je n'ai pas été tenté de lui en ouvrir la bouche ; car j'ai encore le gosier empâté de ce vilain *chartoufedu*, et de ces maudits *codelipons*, qui ont pensé m'étrangler.

Je m'attendois à voir, dans votre lettre, le mot du logogryphe que je vous ai envoyé : dès que vous l'avez deviné, vous auriez dû me le mander ; je vous en aurois envoyé un autre. Je travaille en ce genre, sans prétention et avec facilité, je tourne aussi fort bien les compliments de bonne année et les envois d'étrennes; ça été même l'origine de ma fortune.

J'ai l'honneur d'être, etc.

CAILLOT DUVAL.

---

*A M. le C*** (2), à Abbeville.*

Nancy, le 23 septembre 1785.

Le conte des Grelots, monsieur, l'analyse des eaux de *Fruges*, et nombre de chansons, d'épigrammes, de logogryphes et d'amphygouris, dont vous avez enrichi le journal littéraire de Nancy, m'ont donné la plus haute idée de vos talens, et m'ont prouvé que les vers et la prose vous étoient également familiers. Je ne puis différer plus long-temps le tribut d'éloges qui vous est dû, et l'hommage de ma reconnoissance pour le plaisir que vous m'avez fait éprouver. Que l'auteur de ce journal doit se trouver heureux d'avoir en vous un *collaborateur* aussi éclairé qu'infatigable !

Avec quelle douleur n'ai-je pas vu, à la fin du quarante-unième volume d'un ouvrage dont vous paroissez faire le cas qu'il mérite (les Contemporaines), une violente sortie contre un opuscule de votre façon, que j'ai trouvé rempli de ce véritable sel attique, si rare de nos jours! Je veux parler de ce logogryphe que vous vous êtes permis, à si juste titre, sur le nom de M. Rétif (de la Bretonne) : je suis étonné que cet auteur ait inspiré assez d'intérêt pour qu'on ait pu prendre ouvertement son parti.

Votre voyage d'Elégie, inséré dans le dernier journal de Nancy, ne m'a point échappé : j'y ai reconnu ce folâtre enjouement qui caractérise toutes vos productions. Le nouveau trait lancé contre M. Rétif m'a paru piquant et ingénieux : j'ai été sur-tout enchanté de la préface, par les idées neuves et le sens moral qu'elle présente.

Si vos occupations vous permettent de

me donner quelques momens, vos conseils ne pourront qu'être du plus grand secours à un jeune débutant dans la carrière des lettres.

J'ai l'honneur d'être, etc.

CAILLOT DUVAL.

P. S. Je vais mettre la dernière main à un ouvrage sur lequel je serai enchanté d'avoir votre opinion.

Réponse.

Abbeville, le 2 octobre 1785.

Je suis bien sensible, monsieur, à vos éloges; je vous prie d'en recevoir tous mes remercîments. Je sais cependant assez m'apprécier, pour être persuadé que je ne mérite point les choses flatteuses que vous m'écrivez. Je ne suis que médiocrement lettré, et mon état qui prend presque tout mon temps, m'ôte l'espoir d'acquérir plus de talent.

Quoique les ouvrages de M. Rétif me paroissent susceptibles de critique, à bien des égards, j'ai peut-être eu tort de lui déclarer la guerre.

C'est un méchant métier que celui de médire.

Si vous cultivez les lettres, gardez-vous bien, monsieur, de labourer le champ ingrat de la satire ; elle ne procure que des désagrémens.

Je verrai vos ouvrages avec plaisir, et vous dirai ce que j'en pense, sans déguisement.

J'ai l'honneur d'être, etc.

Le C***.

P. S. Vous voudrez bien, à l'avenir, affranchir vos lettres.

---

*A M. le C***, à Abbeville.*

Nancy, le 25 octobre 1785.

C'est au retour, monsieur, d'un petit voyage, que j'ai trouvé ici votre lettre du

2 qui m'attendoit. Je suis infiniment flatté de tout ce que vous me dites d'obligeant; je suis sur-tout enchanté de voir unie aux talens, cette modestie d'auteur, si rare aujourd'hui. Il seroit à désirer que tous les littérateurs du siècle suivissent un exemple aussi louable : nous verrions disparoître ces pamphlets, ces libelles injurieux, qui sont toujours le fruit d'un amour-propre déplacé. Alors régneroit cette douce harmonie, compagne du vrai mérite, qui parsemeroit de roses la carrière épineuse des lettres.

Vous trouverez peut-être que mon style se ressent un peu des lieux communs de rhétorique : je sens qu'il n'est pas encore assez formé; vous me rendrez un vrai service de me dire ce que vous y aurez trouvé de défectueux! J'espère profiter de vos observations judicieuses. Je suis désolé de n'avoir pu mettre encore la dernière main à un petit poëme en vingt-quatre chants, que je soumettrai à votre censure; le titre en est : *Amusemens de la campagne* (il faut vous dire que je l'aime beaucoup). J'y ai inséré tous les détails qui peuvent rendre ce tableau piquant; je n'ai passé sous silence aucun des jeux auxquels on s'y adonne; j'y ai même fait entrer les échecs, le domino et la dame polonaise, trois jeux que vous savez être de la plus haute antiquité. Si je ne craignois d'être trop long, je vous transcrirois ici l'épisode de la balançoire, dont j'ose croire que vous ne seriez pas mécontent; mais, réflexion faite, j'aime mieux vous envoyer l'ouvrage en entier, dès qu'il sera terminé. Je compte pouvoir le faire paroitre au mois de mars.

Dans une ville où il y a une académie, il semble qu'on devroit avoir quelques nouveautés en littérature; mais depuis plusieurs mois on est uniquement absorbé dans l'étude d'une science qui a occupé tout Paris, et sur laquelle je serois bien curieux de connoître votre opinion ; vous me feriez plaisir de m'en parler un peu en détail, sur-tout du somnambulisme, qui me paroît être le *nec plus ultrà* de la science magnétique. Je ne vous en écrirai ouvertement que quand vous m'aurez fait part de votre façon de penser. Il a paru ici, à ce sujet, un petit ouvrage qui est devenu fort rare; il est intitulé : *Correspondance de M. Mesmer;* si vous avez le désir de le connoître, je m'arrangerai pour vous le faire passer, franc de port, et dorénavant j'en userai de même pour mes lettres : je conçois que les littérateurs d'une certaine volée prennent leurs précautions, car, sans cela, ils seroient inondés d'un fatras de lettres, ce qui seroit aussi coûteux que désagréable.

J'ai l'honneur d'être, etc.

CAILLOT DUVAL.

---

*A M. le C***, à Abbeville.*

Nancy, le 24 novembre 1785.

L'état de dépérissement et de marasme dans lequel je me trouve, monsieur, depuis 15 jours, m'oblige de me servir d'une main étrangère pour vous rappeler l'indulgence avec laquelle vous avez bien voulu répondre à ma lettre du 23 septembre : elle sembloit me promettre une correspondance suivie : à quoi dois-je donc attribuer le silence obstiné que vous gardez avec moi ? Vos lettres eussent fait le charme de ma solitude : depuis mon arrivée dans cette ville je vois infiniment peu de monde, et absolument personne depuis trois semaines.

Mon poëme des amusemens de la campagne est tout à fait fini ; je vais l'envoyer à Paris, et je n'omettrai rien pour que la partie typographique soit bien soignée. Il y aura vingt-quatre gravures, une à chaque chant, et de plus le frontispice. Vous concevez que cet ouvrage m'entraîne dans de grands frais : mais j'espère en être dédommagé. Comme je ne veux pas cependant que vous attendiez deux et peut-être trois mois à avoir ce poëme, je vous en fais faire une copie (sans préjudice de l'exemplaire que je vous destine), et je compte qu'elle sera prête dans huit jours. Je pars pour Paris, si toutefois ma foible santé me le permet. Mon départ est fixé au 15 du mois prochain ; et si, à cette époque, je n'ai pas reçu de vos nouvelles, j'attribuerai votre silence à la multiplicité de vos occupations, et je ne vous enverrai pas moins la copie de mon poëme ; mais je me plais à croire que vous ne voudrez pas me laisser plus long temps dans l'inquiétude; d'ailleurs je vous avoue que je serois fort embarrassé pour vous faire passer mon manuscrit; la poste est une voie très-dispendieuse, et cependant si vous ne m'en indiquez pas une autre, je serai forcé de m'en servir, et dans ce cas je crains bien que le plaisir que vous éprouverez à me lire, ne vous dédommage pas des frais.

J'ai l'honneur d'être, etc.

CAILLOT DUVAL.

P. S. Si vous avez quelque répugnance à suivre une correspondance qui pourroit vous devenir fastidieuse, faites-moi la grâce de me le marquer.

Vous connoissez sans doute le poëme de l'harmonie imitative dont M. Piis vient de nous régaler : je me suis permis une petite sortie sur ce poëme, que je n'ai trouvé ni harmonieux ni à imiter.

J'ose espérer que vous ne serez pas fâché d'apprendre que Sa Majesté l'Impératrice de toutes les Russies vient de m'envoyer la patente de membre de l'Académie impériale de Pétersbourg.

Réponse.

Abbeville, le 5 décembre 1785.

Votre dernière lettre, monsieur, me donne de vives inquiétudes sur votre santé; je hâte ma réponse pour vous prier de m'en donner des nouvelles, sans retard. Pour moi, j'allois mieux; mais la fièvre m'est revenue depuis quelques jours. Dans cette maudite saison, on a tant de peine à se rétablir! Je vous avouerai que vos reproches m'en ont fait; mais vous avez vu, par ma dernière, combien mes excuses ont été légitimes. Ce sera toujours un vrai plaisir pour moi que d'entretenir une correspondance suivie avec vous, et vous pouvez compter que quand il y aura du retard de ma part, ce ne sera jamais qu'aux événemens imprévus et à la multiplicité de mes occupations qu'il faudra l'attribuer.

Je brûle d'envie d'avoir votre poëme : vous voudrez bien faire remettre le manuscrit que vous me destinez à M. *Marcotte*, chez M. *Brouet*, procureur au parlement, rue Mazarine, à Paris : ce M. Marcotte a des occasions, toutes les semaines, pour Abbeville.

Recevez, je vous prie, mes sincères félicitations, sur la distinction flatteuse que l'Impératrice de Russie vient de vous accorder : je ne doute pas que votre poëme ne vous en procure, qui ne le seront pas moins. Quoique je ne soye d'aucun corps littéraire, et que je n'aye jamais fait de démarches à ce sujet, je ne vous dissimulerai pas que mon amour-propre seroit agréablement chatouillé, si je devenois académicien.

Je ne connois point le poëme de l'harmonie imitative, mais j'en ai toujours mal auguré. M. de Piis n'est rien moins que propre à ce genre, bien différent de celui de briller dans les vaudevilles. Ses petits opéras offrent souvent des tableaux ingénieux ; il met beaucoup de gaieté dans ses ouvrages, mais on peut lui reprocher des calembours, de mauvaises pointes, et quelquefois une gravelure trop forte. Il ne faudroit pas moins qu'un Boileau pour nous donner un bon poëme sur l'harmonie imitative, et je ne doute pas que ce ne soit avec raison que vous n'ayez fait une sortie sur celui de M. de Piis.

J'ai l'honneur d'être, etc.

Le C.

---

*A M. le C***, à Abbeville.*

Nancy, le 14 décembre 1785.

Je suis infiniment sensible, monsieur, à l'intérêt que vous voulez bien prendre à ma fâcheuse situation : il m'est encore impossible de me rendre à Paris, comme je croyois pouvoir le faire ; je ne puis m'occuper de choses sérieuses, et c'est ce qui m'empêche de mettre la dernière main à mon poëme : ce qui me reste à faire seroit tout au plus l'ouvrage de quatre jours, si je me portois bien. Je vais envoyer à Paris, et faire remettre, à l'adresse que vous m'indiquez, la brochure sur le magnétisme, dont je vous ai parlé : je vous fais le sacrifice de mon exemplaire, car cet ouvrage est devenu introuvable. Je suis très-curieux de savoir ce que vous penserez de cette bagatelle ; j'y ai trouvé de l'esprit, de la gaieté et des plaisanteries neuves ; le style en est assez coulant, quoique concis ; je pense que vous ne serez pas non plus mécontent de la partie typographique.

Je vous remercie des éloges flatteurs dont vous m'honorez : si vous n'êtes membre d'aucun corps littéraire, c'est que vous n'avez fait aucune démarche pour cela ; mais il est une manière d'en faire, qui ne peut offenser votre délicatesse, et qui réussira probablement. Je n'avois pas, à beaucoup près, autant de titres littéraires que vous pourriez en rassembler : si vous voulez essayer de ce que je vais vous dire, je suis persuadé que nous serons bientôt confrères. Je suis dans la plus grande intimité avec le prince *Kabardinski* , frère puîné du prince *Héraclius*, que vous connoissez sûrement de nom ; c'est par son entremise que j'ai obtenu le titre flatteur dont je viens d'être décoré. Je puis compter assez sur son amitié pour être sûr qu'il ne refusera pas à mes sollicitations la même grâce pour un homme de lettres présenté par moi ; en conséquence, je crois que, pour le disposer en votre faveur, vous devriez m'adresser, pour lui, une pièce de vers, dont voici le texte, en partie. Le prince est au mieux avec la Sémiramis du Nord ; sa femme, qui est une Géorgienne, vient d'accoucher de cinq enfants mâles, ce dont il n'y a pas d'exemple : ils vivent tous. La mère seule a conservé un léger frémissement dans les muscles zigomatiques, ce qui fait qu'elle a toujours l'air de rire. Les cinq enfants ont tous l'assurance d'une compagnie dans les volontaires de Crimée : voilà, si je ne me trompe, un canevas assez étendu. La forme de l'épître me paroît la plus convenable. Si vous avez quelques épigrammes neuves et fraîches, vous pourrez me les envoyer aussi : le prince aime beaucoup ce genre-là.

J'ai l'honneur d'être, etc.

CAILLOT DUVAL.

Réponse.

Abbeville, le 28 décembre 1785.

Je n'ai reçu, Monsieur, que le 24 de ce mois votre lettre datée du 14 : j'y vois avec peine que votre situation est toujours la même. Ménagez-vous extrêmement, surtout ne vous fatiguez point l'esprit par aucun travail littéraire. Le physique est tellement lié au moral, que, quand celui-là éprouve quelqu'affaissement, il faut laisser celui-ci dans le plus grand repos. Quels sont donc vos maux et les remèdes que vous leur opposez ?

Le vif intérêt que je prends à vous est le motif de ma curiosité ; j'ai été autrefois si long-temps souffrant et valétudinaire, que j'en suis presque devenu médecin; du moins ai-je fait quelques études dans l'art de guérir. Vous avez, je n'en doute pas, des gens très-instruits qui vous dirigent, mais il pourroit se faire que mes conseils vous fussent salutaires, et vous savez

Qu'un sot quelquefois ouvre un avis important.

J'attends donc votre réponse à ce sujet sans retard. Comme je ne veux point vous priver de votre brochure sur le magnétisme, quand je l'aurai reçue et lue, je vous la ferai repasser, et même si votre voyage à Paris est encore différé pour quelque temps, je pourrai vous la remettre moi-même, car je crois me rendre dans cette capitale vers la fin du Carême, et ce me seroit un bien grand plaisir de vous y voir, et de trouver cette occasion de resserrer plus étroitement notre liaison, je n'ose vous dire notre amitié.

J'adopte avec le plus grand empressement le parti que vous m'offrez pour parvenir à une confraternité qui me seroit bien chère. Je sens comme vous que pour cela il faut que je rime en l'honneur du Prince, et que l'épître en ce cas est l'ouvrage le plus convenable; mais je vous avouerai que ce genre n'est pas le mien. Je n'ai fait dans ma vie que deux épîtres, encore sont-elles très-foibles; vous en avez pu voir une dans le journal de Nancy, adressée à M. l'intendant d'Amiens : il est vrai qu'elle y a parue très-défigurée, et avec des fautes typographiques inexcusables. L'auteur de ce journal paroît n'être guère soigneux de corriger les épreuves. Malgré mon inaptitude épistolaire, je vais faire mes efforts pour tirer de mon cerveau quelque chose qui ne soit pas tout à fait indigne d'être présenté au prince, et ne tarderai pas à vous l'adresser; en attendant, je vous envoie quelques fruits de mes loisirs, qui n'ont pas encore paru, à l'exception, cependant, des trois derniers morceaux, qui ont été insérés dans l'*Année littéraire*; presque tous sont dans le genre épigrammatique. Vous jugerez s'il s'en trouve qui puissent être montrés au prince. Je me recommande et m'en rapporte à vous sur les moyens d'obtenir son suffrage.

Je travaillois à une parodie en vers de *Médée*, tragédie dans laquelle il y aura beaucoup de caricatures sur plusieurs autres tragédies, lorsque la maladie que je viens d'essuyer, et qui a mis un retard considérable dans toutes mes affaires, m'a obligé de renoncer pour quelque temps à tout travail littéraire. — Recevez, je vous prie, les vœux sincères que je forme pour vous, et soyez persuadé que ce n'est point l'usage seul qui les dicte, mais bien des sentiments plus nobles et plus purs. — Je vous embrasse de tout mon cœur et suis, etc.

Le C.

Abbeville, le 7 janvier 1786.

Monsieur, voici mon épître au prince Kabardinski. J'aurois bien désiré qu'elle fût plus digne de lui, mais j'ai fait tout ce que j'ai pu. Vous n'ignorez pas combien ce genre est difficile, et combien il est rare d'y obtenir des succès ; il ne faut que du goût pour juger une épître, mais il faut être poëte pour en faire de bonnes, et c'est bien à cet égard que l'on peut dire :

La critique est aisée et l'art est difficile.

Au surplus, j'ose espérer que vous voudrez bien présenter au prince mon foible essai ; muni de votre passeport, peut-être sera-t-il accueilli, et me procurera-t-il l'avantage de devenir votre confrère. Je viens d'obtenir l'assurance de la première place qui vaquera à l'académie d'Amiens, et ce seroit, lorsque j'en serois membre, une grande satisfaction de pouvoir vous y introduire. Quand votre poëme sur les amusements de la campagne aura vu le jour, ce sera, je crois, le vrai moment d'agir à ce sujet : je vous indiquerai alors la marche qu'il faudra suivre. — Je n'ai pas encore reçu votre brochure sur le magnétisme ; mandez-moi si vous l'avez fait remettre à l'adresse que je vous ai donnée, et sur-tout n'oubliez pas de m'instruire de l'état de votre santé. — J'ai l'honneur d'être, avec le plus sincère attachement, etc.

Le C.

Epître

A SON ALTESSE LE PRINCE KABARDINSKI.

Daigne, ô Kabardinski! daigne agréer l'hommage
D'un rimeur sans éclat, mais vrai dans son langage,
Qui toujours méprisa le vil adulateur,
Et du vice insolent fut le persécuteur;
Qui préféra le pauvre, honnête en sa misère,
Vertueux citoyen, tendre époux et bon père,
Au grand enorgueilli, qui voit l'infortuné
D'un œil indifférent au malheur condamné;
A cet épais Midas, qui, fier de ses richesses,
Ne prodigue son or qu'à d'infâmes maîtresses;
Au philosophe altier, dont le système affreux
Méconnoît tout, jusqu'à l'existence des dieux;
Au poëte sans mœurs, dont la muse fangeuse
Ne trempe ses pinceaux que dans une eau bourbeuse;
A ce magnétiseur qui veut, avec les doigts,
De Celse et de Galien surpasser les exploits;
A cet auteur rongé des serpents de l'envie,
Qui respire la rage avec la jalousie,

S'il me falloit chanter ce peuple d'avortons,
Ma Muse briseroit aussitôt ses crayons.
Mais pour toi, prince aimable, alors que je te loue,
Minerve m'applaudit, la Vérité m'avoue.
Né d'antiques aïeux, frère d'Héraclius,
Mais bien plus grand encor par tes propres vertus,
Qu'il m'est doux de vanter ton nom et ta naissance,
Ta magnanimité, ta noble bienfaisance!
Qu'il m'est doux, en t'offrant mon respect et mes vœux,
De pouvoir célébrer tes destins glorieux!
D'apprendre à l'univers que du Nord l'héroïne,
Que la terreur du Turc, l'illustre Catherine,
Voit en Kabardinski son ami, son soutien,
Le père du soldat, comme du citoyen.
Cette auguste amitié est un éloge insigne :
On ne peut l'obtenir à moins qu'on n'en soit digne.
Mais quand la Vérité dirige mon pinceau,
Quand le feu qui m'anime est pris à son flambeau,
Je vois, parmi les faits qui forment ton histoire,
Des faits que nos neveux pourront à peine croire,
Lorsque Clio dira, dans la suite des temps,
Que ton épouse un jour te donna cinq enfants,
Cinq mâles, pleins de vie, et que leur souveraine
Alors de chacun d'eux a fait un capitaine.
Quand, par un monument des peuples révéré,
Ce prodige inouï deviendra consacré,
En admirant un trait si rare et si fameux,
L'on marquera ta place au rang des demi-dieux.
Tu réaliseras tous les exploits d'Hercule.
Puisse, dans l'avenir, ce trop foible opuscule
Prolonger sa durée, à l'abri de ton nom!

Puisse-t-il, avoué du dieu de l'Hélicon,
Près de toi reposer au temple de Mémoire!
Un sort aussi flatteur suffiroit à ma gloire.

Le C..., *à Abbeville.*

---

*A Mme de Laun**, rue Croix-des-Petis-Champs, à Paris* (3).

Nancy, le 4 novembre 1785.

Des circonstances particulières, madame, viennent de m'amener deux nièces âgées de quinze et de dix-sept ans. La première est tout à fait neuve; la seconde n'a eu qu'une faiblesse avec un capitaine de hussards au service de l'empereur; cette première inconduite lui a fait perdre la tête et abandonner précipitamment la maison paternelle; elle a persuadé à sa sœur de l'accompagner; celle-ci s'y est déterminée d'autant plus aisément qu'elle était fort gênée chez ses parents, et que son cœur lui parloit déjà assez haut. Quant à moi, que différents événements ont forcé de quitter mon pays (Philisbourg en Allemagne), je suis établi ici où j'exerce, dans le plus grand incognito, une profession qui m'est assez lucrative. Soit dit entre nous, j'ai la pratique de tout le parlement et des principaux officiers du régiment du Roi, tous riches seigneurs. Cependant, je crois que les deux personnes dont je viens de vous parler sont des morceaux trop friands pour ce pays-ci, et qui ne seroient pas payés leur valeur. Il faut vous dire qu'elles sont d'une famille honnête, et que l'on n'a rien négligé pour leur éducation; elles ont seulement un peu de peine à parler le français. Ce seroit le lot de deux princes allemands; je suis sûr qu'elles feront la plus grande sensation dans la capitale. Quoique sœurs, elles offriront à côté l'une de l'autre le contraste le plus piquant. La jeune est d'un blond qui n'a rien de fade, la plus belle peau (comme toutes les Allemandes), les yeux bleus, la plus jolie gorge possible, et, ce qui vous étonnera peut-être, un très-joli pied; je crois qu'elle pourroit faire une charmante danseuse. L'autre est une superbe femme: de grands yeux noirs, la plus belle bouche; et, ce qui est du meilleur augure, la raie de mulet*. J'espère que par vos soins, sa première et unique faute sera réparée de façon à ne laisser aucune trace. Je n'entrerai pas dans d'autres détails. Vous en jugerez par vous-même.

Je vous les enverrai comme à une de mes amies; elles ont à peu près 60 louis d'argent comptant et sont assez bien nippées. Elles sont si neuves qu'il faudra user de beaucoup de ménagemens pour ne pas les effaroucher. J'espère, madame, que notre correspondance n'en restera pas là; nous pouvons réciproquement nous être utiles. Je compte sur votre discrétion, et j'attends votre réponse pour les faire partir. Aussi bien ai-je trouvé une voiture de renvoi; si votre intention est, comme je le pense, qu'elles aillent à Paris, vous voudrez bien leur retenir, dans votre voisinage*, un appartement décent, de trois à

* *Raie de mulet* se disait en parlant d'une nuque fort garnie de cheveux, lorsque les dernières racines paraissent former une raie du côté du dos.

quatre louis par mois. — J'ai l'honneur d'être, etc.

CAILLOT DUVAL.

Réponse.

Paris, le 11 novembre 1785.

Monsieur, si la marchandise que vous ma noncé dans votre dairnier letre est aussi bonne que vous le dite vous pouvé les envoyé par la premier comodité je vous en débiterai. Sil i a quelque chosse dans nautre ville qui vous soit agreable, je vous prit de ne point mépargné.

---

*A Madame de Lau***, rue Croix-des-Petits-Champs, à Paris.*

Nancy, le 14 novembre 1785.

J'ai reçu, madame, une lettre de Paris en date du 11, que je soupçonne venir de vous : on me mande d'envoyer la marchandise que j'ai annoncée ; mais comme cette lettre n'est pas signée et que ce pourroit être une supercherie, je ne crois pas devoir m'y fier ; or, avant de faire partir *mes deux paquets*, je désire savoir vos intentions d'une manière plus positive ; et puisque vous avez de la répugnance à signer votre nom, pour que je sache à quoi m'en tenir, il faudra signer un nom en l'air, et qui ne soit pas commun, comme, par exemple, Copernic ou Ticho-Brahé.

Répondez-moi tout de suite, car on me persécute ici, et j'ai peur qu'on ne découvre le pot aux roses : vous savez à quoi je serois exposé et vous connoissez les sollicitudes du métier. J'en ai devant les yeux un exemple terrible : c'est un malheureux jeune homme d'une famille honnête qui s'est promené hier dans les rues de cette ville, tenant en main une bride d'un nouveau genre, et qui a essuyé le châtiment accoutumé, au grand contentement de l'assemblée qui rit toujours à ces sortes d'exécutions*. Voilà les hommes : ils nous trouvent très-bons pour leur être utiles, et ils nous abandonnent dans l'adversité. Quelle injustice ! et à combien de réflexions morales cela ne porteroit-il pas? Mais laissons ces idées tristes : continuons à faire le bien, à soulager l'humanité souffrante ; moquons-nous des sots et prenons leur argent. — J'ai l'honneur d'être, etc.

CAILLOT DUVAL.

Réponse.

Paris, le 21 novembre 1785.

Monsieur, vous ne devé poin douté des deux paques que vous avé à envoyet avec une laitre de votre part que les deux paques me seront remis, vous pouvé aitre persuadé que je meteré toute mes atansion

* Les entremetteuses étaient promenées sur un âne, le visage tourné du côté de la queue, qu'elles étaient obligées de tenir en mains pour ne pas perdre l'équilibre.

que je les plaseré pas loin de ché mois, je suis ennatandans votre réponse. — Jé l'honneur d'aitre votre tres humble.

DE COPERNIC.

---

*A M. Sou***, *rue Dauphine*, *à Paris* (4).

Nancy, le 4 novembre 1785.

J'ai cru, monsieur, que dans une affaire aussi importante que celle dont il s'agit, je ne pouvois mieux m'adresser qu'au phénix des bottiers de la capitale. Je sais que vos talents supérieurs vous ont mérité l'honneur de botter notre souverain et son auguste moitié. Veuillez bien me donner un éclaircissement sur une chose qui, en intéressant beaucoup ma bourse, intéresse aussi votre réputation. Un maître bottier de cette ville vient de faire une paire de bottes sans couture, qui a fait l'admiration de toute cette contrée. Il a prétendu qu'aucun bottier de Paris n'en ferait autant. Plusieurs officiers de la garnison, surpris d'une découverte aussi merveilleuse, au premier abord, ont abondé dans son idée, et ont offert de parier cent louis. Moi qui suis persuadé que tout ce qui se fait en province doit se faire à plus forte raison à Paris, j'ai tenu les cent louis sans hésiter: faites-moi le plaisir de me mander si vous vous croyez capable d'en faire autant; si vous l'êtes, comme je n'en doute pas, et que mes adversaires ne s'en rapportent pas à votre lettre, je vous écrirai pour lors de m'en faire une paire; et, pour couper court à tout, si vous pouvez avoir une attestation des syndics de votre corps qui assure la chose possible, cela suffira. — Je suis, etc.

CAILLOT DUVAL.

Réponse.

Paris, le 9 novembre 1785.

Monsieur, c'est pour répondre à la lettre que vous m'avez fait l'honneur de m'écrire en date du 4 du courant. Je pourrois bien vous faire des bottes comme vous paroissez en désirer, mais mes occupations sont si multipliées dans cette saison que je ne pourrois m'occuper de cet objet, car j'ai à fournir toute la maison du Roi.— J'ai l'honneur d'être, etc.

SOU...

A M. de La-Roche, gouverneur de la ménagerie, à Versailles (5).

Nancy, le 14 novembre 1785.

Les nouvelles expériences, monsieur, qu'on a projetées sur la génération artificielle, ne pouvoient être confiées en de meilleures mains. Peu de personnes doivent se flatter d'être aussi intelligentes et aussi versées que vous dans la connoissance des animaux. C'est à ce titre que notre auguste monarque s'est reposé sur vous du soin de leur éducation, nutrition et conservation. Je viens, d'après les principes de l'abbé italien* qui nous a démontré si clairement la possibilité de procréer des êtres par une injection de semence conservée, de faire moi-même l'expérience sur une chienne barbette noire et blanche, âgée de trois ans ; je ne crois pas inutile d'observer qu'elle est pleine d'intelligence, et d'une constitution très-libidineuse. Je vous ferois bien ici deux observations, mais je passe rapidement à une troisième que je crois plus intéressante. Je vous prie de vouloir bien me mander les procédés dont vous vous êtes servi, vu que les miens ont été insuffisants. Quoique je n'aye pas l'honneur de vous être connu, un de mes amis m'a assuré que je pouvois m'adresser à vous en toute confiance : j'espère que vous ne désapprouverez pas ma démarche, qui ne tend qu'au progrès de la science. J'ai toujours fait mon étude de l'histoire naturelle : la partie de la génération est celle que j'ai le plus approfondie ; j'ai même composé sur ce sujet un petit

* L'abbé Spallanzani.

ouvrage que j'ai envoyé à une académie dont je suis membre, et je n'attends que sa réponse pour le rendre public : je vous en ferai passer un exemplaire si vous voulez bien me le permettre. — J'ose croire que vous voudrez bien me dire où en sont vos opérations et si vous espérez réussir. Avouez, monsieur, que cela seroit bien commode pour faire des enfants par lettre. Permettez-moi cette petite saillie de gaieté et pardonnez-moi les petites incorrections de style que vous pourrez trouver dans cette lettre : je ne suis pas encore bien familier avec la langue française que je ne parle que depuis un an. — J'ai l'honneur d'être, etc.

CAILLOT DUVAL.

Réponse.

Paris, le 24 novembre 1785.

Votre chère lettre du 14, monsieur, m'a été envoyée de Versailles ; j'étois venu ici pour lever une demi aune de toile chez ma marchande, au Palais Royal, n° 40*. Je ne connois que par ouï-dire les expériences dont vous me parlez : je les trouve très-curieuses; mais je vous avoue que j'ai peine à me persuader qu'elles soient réelles. J'ai approfondi autant que personne tout ce qui a quelque rapport à la génération; et dans ce genre-là j'ai toujours été fort peu curieux de l'artificiel : ainsi n'en parlons plus.

Je suis en effet plus à portée que personne de faire des expériences sur les animaux, ayant à ma disposition tous ceux qui composent la ménagerie de notre auguste souverain. Vous me faites naître l'idée de m'en occuper. Dès que je serai de retour dans mon gouvernement, je mettrai la main à l'œuvre et ce sera avec le plus grand plaisir que je vous communiquerai mes découvertes : ainsi n'en parlons

* M. de la Roche se livre ici à une facétie autorisée par le genre de la communication qui lui est faite.

plus et croyez-moi, monsieur, votre dévoué serviteur.

LA ROCHE,
Chevalier de l'ordre royal et militaire de Saint-Louis.

A M. Lefort, rue Saint-Jean-de-Beauvais, à Paris.

Nancy, 27 novembre 1785.

Devant bientôt aller faire un petit voyage dans la capitale, mon cher monsieur, j'ai pris des renseignements sur les virtuoses dans les deux instruments que je cultive. On m'a assuré que vous aviez perfectionné la flûte et le hautbois, et que le basson prenoit sous vos doigts toutes les inflexions de la voix humaine : je vous avouerai franchement que je ne connois aucunement ce dernier instrument, et je ne croyois pas que le pincé de l'anche pût s'accorder avec le pincé de l'anche du hautbois, ou avec l'embouchure de la flûte, que vous n'ignorez pas être parfaitement opposée. J'en viens au fait : je compte être à Paris au mois de janvier, et j'y passerai au moins deux ans. Je désirerois que vous me donnassiez une heure dans la journée, depuis neuf heures jusqu'à midi, à votre choix. Je ne suis pas d'une très-grande force, mais je fais bravement ma partie dans un concert de province, et je donne hardiment le *ré* sur le hautbois, et le *sol* sur la flûte. Je ne vous en dirai pas davantage pour cette fois-ci : vous saurez seulement que, n'ayant pas l'avantage de vous connoître, je m'adresse à vous parce que des officiers de la garnison, qui ont pris de vos leçons, m'ont fait votre éloge.

J'attends votre réponse pour savoir quelle est l'heure que vous pouvez me donner. Vous mettriez le comble à mes vœux, si votre plume se permettoit quelques petits détails concernant les principes que vous avez adoptés, et votre méthode d'enseigner. Dès l'instant que j'aurai reçu votre lettre, je vous manderai où je dois loger; ce sera, à vue de pays, du côté de la rue du Paon. — J'ai l'honneur d'être, etc.

CAILLOT DUVAL.

Réponse.

Paris, le 29 décembre 1785.

Des objets qui m'occupe et intéresseront l'UNIVERS au-delà de toute attante, ayant forcés le retard de la présente, permettez, mon cher monsieur, qu'en attendant par LOUIS SEIZE ou de DIEU toutes choses! ainsi quelles sont arrêtées dans les décrets de cet ETRE incréé comme puissantissime et juste dans toutes ses opperations faite par qui et comme il lui plait; permêtez dije quen repondant a l'honneur de la votre! je vous donne avis que j'atens aussi votre arrivez à Paris, pour et d'apres icelui, pouvoir prendre l'heure avec vous, dans ceux que vous me donnez aussi honnêtement qu'utilement! attendu qu'outre mon état et des affaires personnels, je continues de remplir une MISSION ! qui sera favorable non seulement aux corps, mais aux AMES : dès que je seré informez de votre arrivez sachant votre adresse à Paris et quand je pourrez me rendre chez vous ; comme le maitre choisit et le MAITRE de qui ne l'est pas, faisant le mal à son semblable.

Quant à l'adoption de mes principes ainsi que ma méthode d'enseigner une seule réflexion, pouvoit vous mettre à lieu de voir, que c'est en opérant lors des leçons et questions (souvent très-nécessaires à faire), que vous pourrez connoître ! si je suis le maître que vous désirez trouver pour cette petite partie de l'agréable ! comme je serés de CELUI de celle du plus grand utile ; ce qui me fait conclure qu'il est sage d'en appeler à l'expérience ; comme à l'évidence.

Conséquemment et vu cet appel : je n'ai plus rien pour le présent à vous dire, sinon que je vous prie comme étant aussi sensible ; que, reconnoissant de faire mes remerciements à ces messieurs (officiers de la garnison), qui vous ont parlé de moi, ainsi que vous me le rapportez dans votre lettre ! le fesant tel, je le requier, et comme il convient, ce sera obliger celui qui a l'honneur d'être votre, etc.

LEFORT,
Professeur et maître de musique pour
le hautbois, la flûte et le basson.

A M. Duv.., au Grand Monarque, à Paris (6).

Nancy, le 27 novembre 1785.

Le goût, monsieur, que j'ai toujours eu pour les petits badinages de société, le succès flatteur que j'ai obtenu, l'année dernière, en Russie, et l'été passé, à Berlin, me fait espérer que la capitale accueillera favorablement les petites devises que je compte, par vos soins, y faire circuler. Je vais entrer avec vous dans un petit détail à ce sujet.

J'ai un porte-feuille rempli de devises à

bonbons ; j'en ai qui contiennent depuis deux jusqu'à seize vers. J'en ai dans six langues : le français, l'italien, l'allemand, l'anglais, l'espagnol et le russe. Je vous dirai de plus que j'ai de petites scènes, qui, jointes ensemble, forment une comédie ou un proverbe, de manière qu'avec une livre de bonbons, on divertit agréablement une aimable compagnie ; pour la facilité de les réunir, chaque morceau de poësie est numéroté. J'ai aussi bon nombre de chansons et d'épigrammes, qui, j'ose le dire, ne manquent pas de sel : vous en jugerez. Si vous avez quelque sujet, je vous l'arrangerai en vers et même en musique, dans la langue que vous voudrez : si ce petit commerce vous plaît, je me ferai un plaisir de l'entretenir avec vous. Je n'ai pas cru pouvoir mieux confier le fruit de mes veilles qu'à la crême des confiseurs de la rue des Lombards ; je vous proteste que vous êtes le seul à qui je m'en sois ouvert. Votre réponse m'apprendra quelle quantité vous voulez de pièces de vers, de chansons notées, et je m'empresserai de vous satisfaire. Nous parlerons après de nos arrangements ; ils seront aisés à faire avec un homme aussi raisonnable et aussi honnête que vous : d'ailleurs, je suis désintéressé et ne travaille que pour la gloire.

J'avois envie de vous faire mystère de ceci, mais je n'y puis plus tenir ; il faut que je vous le dise : c'est que je viens d'achever une tragédie intitulée : *Le Tremblement de terre de la Calabre*, en sept actes ; ils sont partagés en soixante-dix morceaux de seize vers chacun, qui d'un côté, flattant agréablement le palais, par le secours de la pastille, de l'autre, communiqueront à l'âme une douce émotion par les images touchantes qu'ils renferment. Je travaille à l'*Éruption du Vésuve*, qui fera le pendant. — J'ai l'honneur d'être, etc.

CAILLOT DUVAL.

Réponse.

Paris, le 11 décembre 1785.

Monsieur, mes occupations sonst sy considérable qua peine aige pû trouver lenstant de vous écrire pour vous dire que je ne peu rèpondre au dèsir que vous avé d'ouvrir une correspondance et un commerce de variétée amusante, le jour de l'an est trop près pour projeter rien en ce moment cy vous mussiez écrit il y a trois mois j'aurois pu vous donner une reponce plus favorable, a l'année prochaine très volontiers si cela peut vous convenir. J'ai l'honneur d'être, etc.

DUVAL.

---

*A M. Car**, facteur de cors-de-chasse, à Paris* (7).

Nancy, le 27 novembre 1785.

Le nombre infini de fameuses trompes, mon cher monsieur, qui sont sorties de votre atelier, vous a mérité une réputation qui a volé jusqu'aux extrémités les plus reculées des régions hyperborées. Le prince qui m'a donné le département de ses chasses, m'a chargé dans le peu de temps que je dois être en France, de lui faire emplette d'une vingtaine de trompes de différentes grandeurs : je m'adresse à vous comme au prototype des bons corneurs ou corniers de France (mon style pourra vous paroître un peu bâtard, mais je ne parle que l'allemand et je ne connois pas la force des mots ; car je suis obligé de faire ma lettre à coups de dictionnaire, et de suppléer aux termes que je ne trouve point). Faites-moi donc la grâce de m'envoyer la grandeur et le prix de vos diverses trompes, et surtout de le faire tout de suite, pour que je vous commande l'envoi sur-le-champ, ne devant rester ici que jusqu'à la fin de décembre. J'attends l'honneur de votre réponse avec une joie qui ne pourroit bien se témoigner que par un étroit embrassement et une accointance familière. — Le prince désireroit savoir quelle est la proportion la plus forte possible pour une trompette marine; il en a une de huit pieds et demi, qu'il ne trouve pas suffisante pour l'usage qu'il en veut faire; c'est pour appeler au rendez-vous, et il voudroit qu'on pût l'entendre de deux lieues à la ronde. — J'ai l'honneur d'être, etc.

CAILLOT DUVAL.

Réponse.

Paris, le 30 novembre 1785.

Je reçois, monsieur, votre lettre du 27 passé. Il est bien flatteur pour moi que vous ayez jeté les yeux sur moi pour les achats que vous avez à faire, et ce seroit avec plaisir que je vous fournirois tout ce que vous désirerez; mais le temps que vous me donnez est beaucoup trop court et il me seroit impossible de vous servir avant trois mois d'ici : ainsi c'est avec regret que je me vois forcé de vous refuser votre demande sur mes prix. Quant à la trompette marine que vous paroissez désirer, je ne pourois pas en fournir une plus forte que celle dont vous me parlez, et celui qui l'a faite est sûrement un artiste du premier mérite. — J'ai l'honneur d'être, monsieur, très-parfaitement votre, etc.

CAR...

A M. Mazoyer, adjudant aux gardes françaises.

Nancy, le 2 décembre 1785.

Un brave militaire comme vous, monsieur, que ses talents ont élevé au poste éminent qu'il occupe, est plus dans le cas qu'un autre de donner de bons avis à quelqu'un qui se trouve dans ma position : j'ai deux petits-neveux qui brûlent de signaler leur ardeur martiale ; je crois ne pouvoir mieux les placer que dans un corps aussi recommandable au dedans que brillant au dehors : je dois vous les dépeindre, et je vais le faire.

Ils sont de la même taille, si ce n'est que l'aîné a trois pouces de plus et le cadet a cinq pieds cinq pouces cinq lignes. Ils n'ont aucun défaut physique. Ils ont dix-huit et vingt ans; ils sont doux comme des moutons, ne se permettent jamais un verre de boisson, et n'ont jamais fréquenté de femmes de mauvaise vie. D'après cela, je vous les présente en toute confiance; ce sont de loyaux compagnons, bien élevés, sachant lire, écrire et les quatre règles. Le cadet passe joliment un entrechat, et l'aîné plastronne proprement : ça fera en tout d'aimables soldats. Je compte leur donner 18 livres par mois de haute paye pour eux deux : je voudrois savoir quel engagement vous leur donnerez, et quelle perspective ils peuvent avoir. Dès que votre réponse me sera parvenue, je les ferai partir sur le champ, et je vous prie de me l'adresser le plus tôt qu'il vous sera possible. — J'ai l'honneur d'être, etc.

CAILLOT DUVAL.

Réponse.

Paris, le 8 décembre 1785.

Si messieurs vos neveux ont les qualités et la sagesse que vous m'annoncez, je ne doute pas qu'ils ne parviennent, selon vos désirs, au régiment des gardes françaises, au grade de sergent-major et autres, qu'on ne refuse jamais au mérite. Je vous adresse ci-joint un modèle d'engagement que vous remplirez vous-même et que vous voudrez bien faire viser par M. le commissaire des guerres, après quoi vous m'adresserez ces engagements par la poste. Vous donnerez mon adresse à messieurs vos neveux : monsieur le commissaire vous donnera les renseignemens nécessaires pour leur sureté sur la route.

J'ai l'honneur d'être, etc.

MAZOYER, adjud. aux G.-Fr.

---

*A M. L'Heur**** de Chan*****p* (8).

Nancy, le 13 décembre 1785.

L'excellent ouvrage que vous venez de mettre au jour, monsieur, sur le Serin et le Rossignol, m'engage à vous demander votre avis sur un phénomène dont je viens d'être témoin. Fort amateur, dès l'enfance, de tout ce qui concerne l'oisellerie, j'ai voulu tenter quelques petites expériences, qui sont, comme vous savez, le seul moyen de propager la science : j'ai donc mis ensemble en cage un loriot et une chouette ; à mon grand étonnement, ces deux oiseaux se sont accouplés : il en est venu deux œufs qui, ayant été couvés par la mère, ont produit, chose étrange ! l'un un moineau à gros bec, et l'autre une pie. Le père, la mère et les enfans se portent à merveille et ne font qu'une même famille. Veuillez bien m'expliquer un événement aussi inattendu. Ne sachant point votre adresse, j'envoie ma lettre à M. Fournier, votre libraire, qui vous la fera passer. — J'ai l'honneur d'être, etc.

CAILLOT DUVAL.

Réponse.

Paris, le 19 décembre 1785.

Je reçois, monsieur, votre lettre. Le phénomène dont vous me parlez est en effet très extraordinaire; mais depuis que je me suis adonné à la connoissance des oiseaux, j'ai été témoin de tant de choses surprenantes que je suis moins étonné qu'un autre de tout ce qui peut arriver dans ce genre. Obligez-moi de suivre exactement cette expérience, et de m'en écrire en détail : observez surtout si les nouveaux nés ont des plumes de couleur tranchante à l'aile gauche, et si la pie fait plus de bruit aux approches du père qu'à celles de la mère : dans ce dernier cas, j'ose vous assurer à l'avance que vous ne la conserverez pas jusqu'au printemps. —

Mille remercîments, monsieur, de la confiance que vous voulez bien me témoigner : elle me flatte beaucoup ; je vous prie d'agréer les expressions de ma reconnoissance et de me croire bien sincèrement votre, etc.

A M. Chaum..t, perruquier, rue des Poulies, à Paris (9).

Nancy, le 13 décembre 1785.

C'est toujours avec une nouvelle admiration, mon cher monsieur, que je lis dans le Mercure, ce messager des dieux, ces découvertes merveilleuses qui doivent immortaliser notre siècle et l'élever au dessus de tous les siècles à venir : quant aux futurs vous me dispenserez d'en parler. Pour vous dire donc ce dont il s'agit, je vais entrer en matière, mais *motus, motus, motissimus.*

Je me vois forcé de vous avouer que, dans ma dernière campagne, j'ai passé quelques mois au quartier dans un bourg où la toile étoit à grand compte. Me trouvant un jour chez une jolie marchande, j'ai voulu en lever une demi-aune *, mais ô ciel ! je ne puis y penser sans frémir, j'ai reçu... le dirai-je ? un coup de pied de Vénus, qui même (soit dit entre nous), a rué en vache. Cette cruelle atteinte a attaqué ma chevelure, jusques dans les racines les plus profondes ; enfin, elle est tombée : trop jeune encore pour prendre perruque, je m'adresse à vous avec confiance. Vos merveilleux toupets peuvent seuls me rendre ma gloire première et mon premier état : veuillez bien m'en préparer six, et me prévenir quand ils seront faits. Cependant je me détermine à prendre, pour les dimanches, une perruque à bourse ; mais il faut qu'elle soit faite à l'air de mon visage ; et pour vous donner les plus grandes facilités, en voici la description : j'ai le front moins long que large, le nez vraiment romain, les yeux vifs, fort animés

* Caillot-Duval place ici la facétie que lui avait écrite le 24 novembre M. de la Roche.

quand je suis en colère ; la bouche vermeille, très ouverte quand je crie bien fort ; les dents très blanches, la mâchoire entière, à l'exception d'une molaire dont je me suis séparé peu avant ma maladie. Cela doit suffire à un homme aussi éclairé que vous. — Ne me faites pas attendre votre réponse, et adressez la moi poste restante. — J'ai l'honneur d'être, etc.

CAILLOT DUVAL.

Réponse.

Paris, 24 décembre 1785.

Monsieur, j'ai reçu la lettre que vous m'avez fait l'honneur de m'écrire concernant le toupet que vous me demandé ; je peut vous l'envoyer tel que vous le desirez il ne s'agit plus que de savoir si le prix vous conviendret. J'ai l'honneur de vous prévenir auparavant de vous le faire tenir que je ne peut pas le faire à moins de 21 liv. y compris les batons de pomade attractive qui est de 3 liv. je vous observerai, monsieur, que je fais payer ici à Paris mes toupets 24 liv. et 30 liv. Je vous envoie cy joînt un model de votre front * que vous presenteray et que vous decouperay à l'air de votre visage dans votre gout envoyer la couleur de vos cheveux, dire si vous en avez face sur les tempes, et derrière et autres observations, etc. Il faut commencer par un toupet avant d'en faire d'autre ne faisant point de perruques étant beaucoup plus difficiles à réussir éloigné et sans aucune mesure je vous prie de m'indiquer les personnes qui me remettront l'argent, et à qui je remettrai en même temps le toupet. — J'ai l'honneur d'être, etc.

CHAUM...

* Ce modèle était un morceau de papier coupé en rond.

*A M. Taco***, bourrelier, à Paris* (10).

Nancy, le 25 décembre 1785.

L'amitié inaltérable, mon cher monsieur, qui m'unissoit à ce bon M. Taco..., votre parent (car je vous crois seul du nom), m'engage à vous faire l'offre du petit Caillot, mon unique fils aîné, pour être l'époux légitime de votre petite Taco... te (en supposant que vous en ayez une). Voici ce que je peux donner : 27,000 livres d'argent comptant, que j'ai gagnées à la sueur de mon front ; une maison de 22,000 liv., dans la rue Saint-Martin, et un petit terrein d'environ 150 liv. de rente, du côté de Montmartre. Vous voyez que cela est bien raisonnable. Je me réserve en sus une pension viagère de 3000 liv. J'ai de plus une maison d'environ 12,000 liv., dans cette ville, et mon fils la trouvera. Si cet arrangement vous convient, mandez-moi ce que vous donnerez à votre fille. Ce mariage est le moins que je doive aux cendres d'un ami respectable. Votre réputation brillante dans tout ce qui est du ressort de la sellerie, bourrellerie, en un mot, dans tout ce qui concerne le cuir; votre réputation, dis-je, m'a encouragé à la demande que je fais aujourd'hui, et je crois, d'après les renseignemens que j'ai pris, que votre fonds est considérable.

Mon petit Caillot a dix-huit ans, il n'est pas mal tourné. Je vous parlerai plus en détail dans ma première lettre.

Croyez-moi bien affectueusement, mon cher monsieur, votre, etc.

CAILLOT DUVAL.

Réponse.

Paris, le 31 décembre 1785.

Votre lettre du 25, mon cher monsieur, m'a fort surpris, ne sachant pas avoir l'honneur de vous être connu. Vous voulez sans doute parler de M. Taco..., qui remplissoit, avec tant de vérité, les rôles d'ivrognes, de savetiers, etc., et qui avoit acquis tant de célébrité sur les grands boulevarts ; mais quelqu'honneur que dût me faire sa parenté, je suis obligé d'avouer que nous ne sommes pas de la même famille : en conséquence, je serai forcé, en conscience, de refuser les offres que vous me faites, puisqu'elles n'ont pour motif que ma parenté avec votre ami défunt. Si cependant vous n'avez personne en vue pour l'établissement de votre fils, j'ai une fille qui, à la fortune près, lui conviendroit très bien : elle est fort bien élevée pour son état, assez jolie, grande et bien faite; elle vient d'avoir seize ans. Je ne comptois pas la marier encore, mais votre démarche auprès de moi, ce procédé que je ne dois qu'à la mémoire de votre ami, me donnent la plus haute idée de vos sentimens ; et ce seroit le plus grand bonheur pour ma fille d'entrer dans une famille aussi respectable. Ses espérances sont assez considérables, vu qu'elle est seule ; mais, pour le moment, je ne puis que la garder chez moi avec son mari, et les enfans qui en viendront, et qui seront la consolation de ma vieillesse.

Donnez-moi incessamment de vos nouvelles, et mandez-moi si cet arrangement s'accorde avec les vôtres.

Je suis très cordialement, mon cher monsieur, etc.

TACO...

A M. Aub..., organiste à Nancy * (11).

Paris, le 19 décembre 1785.

Un de mes proches, qui arrive de Nancy, mon cher monsieur et bon ami (passez-moi cette expression familière, indice certain d'un cœur sans fard), m'a raconté à son déguêtré (notez qu'il est venu par le coche), une petite aventure qui vous est arrivée depuis peu ; elle vous fait beaucoup d'honneur dans le public ; mais je vous avoue qu'elle m'a paru si plaisante que je voudrois en savoir par vous-même les détails. Je veux parler de

* L'auteur faisait mettre cette lettre à la poste de Paris.

ce chevalier de Saint-Louis qui est venu sans y être invité, partager votre rôti, avec vous et madame votre épouse. Je crains bien qu'elle ne m'ait oublié ; je ne me rappelle jamais sans une douce émotion, les petits repas que nous avons pris ensemble sur le verd gazon; là couchés mollement sur des tapis de verdure, le gazouillement des eaux et le murmure des oiseaux nous rappeloient ces petites bucoliques du poëte Mantouan, qui s'est immortalisé par les beaux discours sentimentaux qu'il a mis dans la bouche de Tityre. Mais, hélas! (et heureusement pour vous) nous étions encore dans cet âge, où si le cœur parle, au moins est-il dans l'impossibilité d'agir.

J'ai passé le plus fort de ma jeunesse, c'est-à-dire jusqu'à douze ans à Nancy; je me rappelle toujours avec attendrissement ces lieux chéris, où je n'ai connu que l'innocence, où je me nourrissois des mets les plus frugaux, si ce n'est pendant les carnavaux, où je passois sans cesse de régaux en régaux : enfin, fixé dans la capitale, attaché indissolublement à un corps respectable, je profiterai de la première occasion pour voler dans vos climats, qui retentissent si mélodieusement sous les touches bruyantes, mais moëlleuses, que vos doigts nerveux, mais souples, agitent d'une manière non moins séduisante que relevée ; je ne vous en dirai pas davantage, ce sera pour ma prochaine lettre. J'espère que notre correspondance n'en restera pas là.

Je compte que vous aurez la bonté de m'éclaircir au plus tôt le fait principal de cette lettre. J'ai fait un pari que votre réponse décidera. — J'ai l'honneur d'être avec attendrissement, mon cher monsieur et bon ami, votre, etc.

CAILLOT DUVAL.

Réponse.

Nancy, le 24 décembre 1785.

J'ai reçu votre lette du 19, monsieur, et

je suis étonné qu'un évènement aussi simple ait pu se répandre jusques dans la capitale; c'est tout uniment un chevalier de l'ordre royal et militaire de Saint-Louis qui est venu chez nous à l'heure du diné, et s'est mis à table avec nous*. Je le croyois invité par mon épouse, et mon épouse le croyoit invité par moi : ce n'a été qu'au moment de sa sortie que nous avons pu nous expliquer, et que nous avons vu que nous ne le connoissions ni l'un ni l'autre. Quant à mon épouse, elle ne se souvient pas du tout de vous, ni des promenades que vous prétendez avoir fait autrefois avec elle. Je ne sais quel a été votre but en m'écrivant tous ces détails; mais sa réputation est trop bien établie, pour qu'on puisse rien croire de fâcheux sur son compte, et si vous avez cru me donner de la jalousie, vous vous êtes trompé; je vous prie, par la suite, de me faire grâce de lettres pareilles, vous

* « Ce chevalier de Saint-Louis n'était autre que M. Fortia de Pilles. » (Paul Lacroix, *le Pays* du 6 mai 1855.)

obligerez celui qui a l'honneur d'être, monsieur, votre, etc.

AUB...

---

*A M. Berthel******, *rue Vieille-Boucherie, à Paris* (12).

Nancy, le 11 janvier 1786.

Je ne vous cacherai pas, mon cher monsieur, que l'art de la confiturerie n'a jamais été porté si loin que de nos jours. Les sublimes découvertes dont vous enrichissez sans cesse cette partie si intéressante pour le palais, m'engagent à vous faire part de l'effet qu'a produit votre prospectus au cabinet littéraire de cette ville; mais comme je me pique aussi de réussir dans la partie littéraire de la sucrerie, je vais me permettre, à ce sujet, quelques réflexions que vous pardonnerez, à ce que j'espère, à un amateur zélé de tout ce qui concerne le pastillage, le papillotage (dont vous ne parlez pas) et le marronage.

D'abord, je vous avouerai franchement que je n'ai point l'honneur de connoître le *Minautore*, mais seulement le Minotaure et que le royaume de Crète ne s'écrit point comme une crête de coq. Dans les quatre bonbons de votre invention, le premier, dites-vous, amusera sans offenser, et divertira sans déplaire; ce ne sera pas là un grand miracle, et si le bonbon est nouveau, au moins son effet ne l'est-il pas; car s'il offense ou déplaît, il n'amusera, ni ne divertira.

Le bonbon d'Alger, qui rappellera un souvenir qui peut tourner au profit des malheureux, me feroit croire que son produit est destiné au soulagement des captifs; si cela est, je m'engage à en prendre jusqu'à la concurrence de trois livres de France, pour laquelle somme je compte en avoir au moins deux livres, le sucre étant fort diminué de prix depuis la paix. Pour que ce paquet m'arrive franc de port, vous pourrez le remettre à mon bon et respectable ami M. Barth, clerc de M. de la R..., avocat, place Louis-Quinze :

comme nous avons un petit compte ensemble, il se fera un véritable plaisir de me faire cette légère avance. Vous me rendriez un service essentiel d'ajouter à ce petit envoi un recueil de vos devises, et une de vos pistaches à la portugaise que vous prétendez inimitables.

J'avois envoyé à M. Duval, rue des Lombards, un détail des différentes pièces qui composent mon porte-feuille sucré, telles que chansons, madrigaux, ballades, triolets, rondeaux, sonnets, élégies, idylles, stances, épigrammes; le tout en six langues. Je lui avois offert de plus deux tragédies, partagées en soixante-dix morceaux, et des airs de danses; il a accepté le tout pour l'année prochaine, ayant été, dit-il, prévenu trop tard pour celle-ci. Je vous avoue que j'ai de la peine à croire que les ouvrages, dans ce genre, de votre homme de lettres assez connu, soient comparables aux miens.

Votre idée de faire du Palais-Royal la capitale de Paris est assez heureuse: votre description du bonbon d'amour me fait craindre que vous n'y ayez inséré quelques ingrédiens propres à augmenter une passion, déja trop effrénée dans une jeunesse fougueuse.

J'ai vu avec admiration jusqu'où vous aviez poussé la confiturerie, vous l'avez étendue jusqu'aux chaines d'or et aux bijoux; ils sont, dites-vous, renfermés dans de jolies surprises; j'ai été en effet très-surpris de cette nouvelle branche de commerce, inconnue jusqu'à ce jour dans les ateliers de vos confrères, dont le mécontentement éclatera tôt ou tard, malgré le plaisir que ces cadeaux font aux dames. Cette dernière phrase ne peut regarder que des concubines et des prostituées, et donneroit à penser que vous recevez indistinctement toutes sortes de personnes.

J'ai l'honneur d'être, etc.

CAILLOT DUVAL.

Réponse.

Paris, 23 janvier 1786.

J'ai reçu, mon cher monsieur, l'honneur de la vôtre du 11 janvier, par laquelle je vois avec plaisir l'intérêt que vous prenez à l'art de la confiturerie, qui de tout temps a été portée au degré qu'elle exige ; mais comme le palais augmente journellement de délicatesse, il est difficile d'enrichir cette partie au gré des amateurs.

Indistinctement me rappelez-vous l'effet qu'a produit mon prospectus au cabinet littéraire de votre ville j'ai tout lieu d'en être convaincu par la demande extraordinaire que vous me faites des objets y rappelés.

Je me permets un moment d'entretien sur les réflections obligeantes de votre zèle à retourner le pastillage, le papillotage et le marronage, que j'ai effectivement omis vu que cette partie est trop commune pour en faire un préambule.

Je ne m'étendrai point sur la décision du

minotaure, qui à ce qui me paroît vous est plus connu que le minautore, je remet cette décision aux hommes de lettres ainsi que celle du royaume de Crète; je me bornerai seulement à vous satisfaire sur la délicatesse des objets que j'annonce en détruisant sans réflections vos soupçons sur mes quatre bonbons dont vous me parlez.

Le premier (ditte vous) n'amuse ni ne diverti, je le croit en effet pour de certaines personnes, mais du moins ne dégout-il point ceux qui en font usage.

Le second paroit vous être douteux à rappeller un souvenir au profit des malheureux captifs; si cela est (dite vous) vous vous engagerez formellement à en prendre jusqu'à la concurrence de 3 liv. de France; il paroit, mon cher monsieur, que vous êtes disposé à en rappeller un souvenir à tous vos amis, car pour le prix je pourrai vous en céder jusqu'à la concurrence d'une demi-livre.

Vous me demandez un recueille de mes devises ainsy que de mes pistaches portugaises que j'ai annoncées inimitable jusqua présent non par la forme, mais par la délicatesse, j'aurai soin de contenter vos desirs au moment du tirage de l'imprimeur.

J'espère que réciproquement vous voudrez bien me faire part des objets composant votre porte-feuille sucré, et surtout des deux tragédies partagées en soixante et dix morceaux, étant amateur d'en rapprocher le succès.

Nayez, s'il vous plait, aucune crainte sur mon bonbon d'amour, ce qui est renfermé naugmente nullement ni ne diminue la passion de la jeunesse, sa composition est aussi naturelle que sa forme.

Il paroit que vous avez été surpris sur la nouvelle branche de commerce d'étendre la confiturerie jusquaux chaînes de montres et bijoux d'or, inconnue, dit-vous, dans les atteliers de mes confrères; je ne connois aucun de mes confrères qui ait des atteliers; mais revenons à votre étonnement, cela ne doit pas vous paroitre plus extraordinaire que le genre dun homme de lettre qui forme ses réflections sur des objets qui lui sont inconnus.

Enfin, pour répondre à votre dernière phrase, vous ne devez point trouver ridicule que dans un magazin il y entre indistinctement toutes espèces de personnes sans que le marchand soit exposé au moindre soupçon, ainsy je me crois à l'abri de tout reproches à cet égard voila mon cher monsieur à ce que jespère, de quoi contenter le desir de vos réflections pour ce moment, moffrant à vous satisfaire dans tous vos desirs avenir ayant l'honneur d'être très-parfaitement. — BERTHEL.....

---

*A M. Ur***, lieutenant-général de police à Nancy* (13).

Paris, le 15 janvier 1786.

Ah ! mon cher monsieur, vous connoissez la force des sentimens paternels, jugez de ma douleur : j'ai perdu le soutien de ma vieillesse, ce fruit du plus tendre amour ;

ma fille, en un mot, dégénérant de la vertu de ses pères, s'est laissé prendre aux grossières amorces d'un enseigne de hussards de l'électeur palatin. Ce malheureux jeune homme, n'écoutant qu'une aveugle passion, a ravi cette fleur précieuse qui, une fois partie, ne revient plus; cet infâme, au mépris de ses sermens, vient de l'abandonner : j'en ai la preuve et je crois qu'elle s'est réfugiée dans votre ville. Veuillez bien, par vos recherches, rendre la vie à un père infortuné : je sens... je sens que j'ai des entrailles de père; qu'elle revienne à moi, je lui pardonne. Enfin, mon cher monsieur, je compte sur vos soins; vos yeux d'Argus auront bientôt pénétré le mystère, et porteront dans mon âme un baume consolateur.

Pour rendre vos recherches plus faciles, voici le signalement de ma chère fille : elle est plutôt brune que blonde, les sourcils presque noirs, les yeux grands et bien fendus, le nez retroussé, la bouche petite, les dents blanches et le menton pointu; les joues vermeilles, la main potelée, le bras dodu, la gorge bien placée, une taille de nymphe, le pied chinois, le genou très droit, chose que vous savez être très rare dans une femme. J'ai de fortes raisons de croire qu'elle est chez quelque marchande de modes, et qu'elle a changé de nom.

Je me repose entièrement sur vous, qui êtes ma seule espérance, le vrai consolateur de la veuve et de l'orphelin, et la fleur des lieutenans-généraux de police de notre hémisphère.

Recevez, mon cher monsieur, les assurances des sentiments avec lesquels j'ai l'honneur d'être, etc.

CAILLOT-DUVAL.

Réponse.

Nancy, le 29 janvier 1786.

Malgré le style, j'ose dire comique, de votre lettre, monsieur, j'ai fait toutes les recherches qu'il m'a été possible pour tâcher de découvrir si mademoiselle votre fille s'étoit réfugiée dans notre ville; je crois pouvoir vous assurer que non : au moins est-il sûr qu'elle n'est chez aucune marchande de modes, où je n'ai trouvé personne qui ressemblât au portrait que vous m'en faites. Peut-être n'aura-t-elle fait que passer ici, et sera-t-elle allée plus loin ; à Strasbourg, par exemple, qui, étant une fort grande ville, peut lui donner plus de facilités pour se tenir cachée. Je suis très-fâché, monsieur, de n'avoir pas de nouvelles plus satisfaisantes à vous donner; croyez que je n'ai pas épargné mes soins et mes peines.

J'ai l'honneur d'être très-parfaitement, monsieur, votre, etc. — UR...

A l'abbé A.....,
rédacteur des Petites-Affiches (14).

Nancy, le 14 novembre 1785.

C'est avec la plus grande surprise, monsieur, que je me vois forcé de faire éclater mon ressentiment contre la feuille périodique que vous rédigez : plusieurs de mes amis m'ont appris (car je ne perds pas mon temps à vous lire) que vous vous étiez expliqué de la manière la plus indécente sur un de mes ouvrages, que je ne croyois pas vous être parvenu. Mon livre peut donner prise à la critique, mais votre premier devoir est d'être honnête. Un homme de votre état ne devroit pas s'afficher pour injurier indistinctement tout le monde; mais, après avoir si mal fait parler les bêtes, dans ce qu'il vous a plu de nommer des fables, on ne doit pas espérer que vous vous exprimiez mieux vous-même. Je vous engage donc très fort à prendre quelques leçons de politesse, sans cela je me verrai forcé de vous en donner. Je vous préviens que si vous ne vous rétractez pas, dans vos affiches, d'ici à la fin du mois, vous aurez de mes nouvelles par le journal de Nancy, qui est, comme vous savez, rédigé par ce fameux M. The...., qui est le premier critique du siècle, et qui, je vous l'avouerai, est fort mal disposé à votre égard. J'attends votre réponse par la voie de votre feuille, à moins que vous n'aimiez mieux m'en faire une directe au préalable ; en ce cas, adressez-la-moi ici. Au reste, je vous préviens que je ne veux recevoir vos excuses que par les affiches ou un autre papier public. L'offense ayant été publique, il faut que la réparation le soit.

J'ai l'honneur d'être, etc.

CAILLOT DUVAL.

Réponse.

Cette réponse ne se trouve pas dans l'édition de 1785, car l'abbé Aubert s'inclina devant les rodomontades de Caillot-Duval, en faisant amende honorable dans un numéro des Petites Affiches. *M. Paul Lacroix en a retrouvé le texte et l'a publié dans une Étude sur les mystificateurs* (journal *le Pays*, 6 mai 1855). *Le comique de la chose est que cet excellent abbé ne connaissait aucunement*

Caillot-Duval. Il s'imagina donc l'avoir offensé sans le savoir, et dans un article critique sur un livre paru en 1783 sous le voile de l'anonyme (Fables et Discours en vers), et rédigea la protestation suivante :

Messieurs les fabulistes, dont nous avons l'honneur de lire et de juger les œuvres, voudront bien, à l'avenir, ne pas prendre fait et cause pour leurs animaux, si nous nous permettons d'adresser à ceux-ci quelques critiques bénévoles. Nous n'eûmes jamais l'intention d'injurier personne, fût-ce un lion ou un rat. Nous n'oublierons en aucune circonstance ce que nous devons d'égards aux gens de lettres qui s'occupent des plaisirs du public, et nous déclarons ici que, pour éviter de blesser certaines susceptibilités, le feuilleton des *Petites Affiches* ne parlera que des livres publiés avec nom d'auteur. Nous prions, en particulier, le sieur Caillot Duval d'accepter nos excuses et de croire à notre parfaite considération, comme fabuliste et comme citoyen. En réfléchissant à la portée d'une critique qui allait droit à l'honneur de son paon devenu oiseau de basse cour, nous nous reprochons d'avoir un peu dépassé les bornes de juge impartial. Il voudra bien nous tenir compte de l'intention et signer désormais ses œuvres qui ne peuvent qu'ajouter à sa réputation.

L'abbé AUBERT.

---

*A M***y, imprimeur-libraire, à Marseille* (15).

Nancy, le 26 octobre 1786.

Ah ! mon cher monsieur, que de regrets nous donne tous les jours le changement qu'a éprouvé la rédaction du journal de Marseille ! Depuis que vous l'avez abandonné, on n'y voit que des rébus et des radotages : quelques mauvais logogryphes, des annonces mille fois répétées, des lettres d'un sieur Pascal, qui se dit maître de langues, mais qui ne l'est pas, à coup sûr, de la langue française, et d'autres pareilles sottises le remplissent tour à tour. N'y auroit-il pas moyen de faire cesser un abus aussi criant ? et le privilège du sieur Beau..... sera-t-il donc éternel ? J'ai quelque crédit dans les bureaux du contrôle général ; si je pouvois vous y servir, et, par mon entremise, faire rentrer dans vos mains un privilège qui n'eût jamais dû en sortir, je m'estimerois trop heureux, et je croirois avoir rendu un service éclatant à mes compatriotes (car je suis Provençal, afin que vous le sachiez). J'espère que si nous réussissons, vous purgerez ce petit ouvrage des sottises sans nombre dont il est le tombeau. Vous vous doutez bien que je comprends dans le nombre les poësies beaucoup trop fréquentes de M. R..., qui a l'attention, à la vérité, de ne mettre que la première lettre de son nom, mais qu'on devine sans peine, pour peu qu'on soit fait à son misérable genre : le bout d'oreille paroît de tous côtés.

Un de mes amis qui arrive de Marseille m'a assuré que votre cabinet littéraire étoit, comme par le passé, le rendez-vous de la crême des gens d'esprit de votre ville ; il m'a ajouté que cette illustre assemblée étoit présidée dans ce moment-ci par un magistrat repectable, le père des orphelins, des veuves, et sur-tout des étrangers ; en un mot, l'avocat du roi G.., qui remplit avec autant de dignité que d'éclat cette honorable charge.

De tout temps, monsieur, je me suis adonné à la littérature : les jouissances que procure le monde ne peuvent être comparées à celles qu'éprouve un véritable amateur de lettres. Je viens de terminer un poëme dont j'avois depuis longtemps les matériaux ; les dernières nouvelles du Caire me permettent de le mettre au jour ; il est intitulé : *La Conquête de la Basse-Égypte*, par le capitaine Pacha. Vous serez sur-tout satisfait de l'épisode des Pyramides, monument éternel de la grandeur des anciens, à laquelle nous n'atteindrons jamais ; vous serez aussi frappé du récit de la mort de *Murat-Bey* et du discours que je lui fais prononcer à cet instant fatal. J'ai jeté les yeux sur vous, mon cher monsieur, pour la publication de cet important ouvrage; la beauté de ceux qui sont sortis de vos presses m'a décidé : oui, la typographie doit s'honorer d'avoir des artistes comme vous. Je vais vous parler confidemment : je me serois bien adressé à Didot; mais, de vous à moi, qu'est-ce qui fait la beauté de ses ouvrages ? le papier, *le papier*, LE PAPIER : je crois que vous penserez de même; en conséquence, je vais mettre au net mon ouvrage. Mandez-moi par quelle voie il faut que je vous l'envoie, et quel censeur je puis demander à Marseille; il aura environ vingt feuilles in-8°, ce qui fera un volume raisonnable. Si votre réponse tardoit plus de quinze jours, je me croirois autorisé à vous envoyer mon manuscrit; je vous en préviens.

J'ai l'honneur d'être, etc.

CAILLOT DUVAL.

P. S. Mon nom, quoiqu'assez connu, j'ose le dire, dans la littérature allemande, ne l'est pas encore beaucoup dans la littérature française, car l'ouvrage que j'annonce est le premier que je mets au jour; je me flatte pourtant que vous n'en serez pas mécontent, et qu'il ne fera pas honte à votre imprimerie, dont il est sorti tant de chef-d'œuvres. J'espère que vous voudrez bien ne pas ébruiter cette lettre : elle pourroit parvenir à M. Beau....., qui feroit son possible pour mettre obstacle à l'envie que j'ai de vous être utile, soit pour le recouvrement du privilège du journal, s'il est encore à votre convenance, soit pour tout autre chose, si vous avez renoncé à cet article-là.

Je vais m'occuper du second volume du même ouvrage, qui sera *la Conquête de la Haute-Egypte*, dont je ne doute pas que mon héros ne se rende bientôt maître.

Réponse.

Marseille, le 7 novembre 1786.

J'ai reçu, monsieur, la flatteuse lettre que vous m'avez fait l'honneur de m'écrire, en date du 26 du mois passé : je suis très-sensible à l'intérêt que vous voulez bien prendre à mes succès, et à l'envie que vous auriez de les augmenter. Il ne m'appartient pas de dire mon sentiment sur la valeur actuelle du journal de Marseille : quoique je n'aye pas renoncé au projet de le ravoir, le ménagement que je dois garder vis-à-vis certaines personnes, touchées de commisération pour l'auteur actuel de ce journal, me font garder le silence; et d'ailleurs c'est un objet si mince par lui-même, qu'il est incapable de donner un pain à son rédacteur, ainsi cela fait un fort petit sacrifice.

Venons actuellement au point principal, qui est la préférence dont vous voulez bien m'honorer, en me donnant à imprimer votre poëme nouveau de la conquête de la Basse-Egypte; cette marque d'affection de votre part m'est extrêmement gracieuse, et vous pouvez être assuré que je serai toujours très-disposé à entrer dans vos vues.

Cependant, comme votre intention seroit peut-être de me faire passer votre manuscrit par la voie dispendieuse de la poste, je vais vous donner un moyen plus économique de me le faire parvenir.

Il est sûr que vous avez à Nancy des libraires qui ont des correspondances à Paris, chez M. Delalain le jeune, rue St.-Jacques, qui m'expédie tous les 15 jours, et qui est à même de les recevoir de suite, n'étant éloigné que de soixante lieues : veuillez m'adresser votre poëme sous son pli.

Je suis bien aise d'ailleurs de vous informer que je ne pourrai guères commencer votre ouvrage qu'en février prochain, ayant actuellement sous presse un ouvrage de très-grande conséquence; c'est un *dictionnaire critique de la langue française*, qui renfermera tout ce qu'on peut dire sur cette langue, aujourd'hui si générale. Il renfermera la vraie prononciation de chaque mot, sa prosodie, sa valeur, ses différentes acceptions, ses vraies significations, ses nuances, ses synonymes; enfin, il sera enrichi de remarques grammaticales, et renfermera des critiques raisonnées; tous nos meilleurs auteurs y sont passés en revue : enfin, je pense que ce sera un ouvrage qui fera sûrement la plus grande sensation parmi les savans, et sera très-utile aux étrangers; il aura trois grands volumes in-4°.

Ce qui doit nous faire plaisir, c'est que ce sera un Marseillais qui sera le restaurateur de la langue française : la Provence aura produit en même temps un grand homme de guerre (M. de Suffren) et un grand littérateur (M. l'abbé Feraud).

Voilà, monsieur, une assez longue lettre : je vous prie d'excuser mon bavardage.

J'ai l'honneur d'être, etc.

FIN.

7596 — Paris, imp. Jouaust et fils, r. S.-Honoré, 338.

www.ingramcontent.com/pod-product-compliance
Ingram Content Group UK Ltd.
Pitfield, Milton Keynes, MK11 3LW, UK
UKHW031904260826
14628UKWH00002B/980

9 782013 069175